LA JOVEN ARTISTA

LARGO RECORRIDO, 203

Valérie Mréjen

LA JOVEN ARTISTA

TRADUCCIÓN DE VANESA GARCÍA CAZORLA

EDITORIAL PERIFÉRICA

PRIMERA EDICIÓN: octubre de 2024
TÍTULO ORIGINAL: *La Jeune artiste*

info@editorialperiferica.com
www.editorialperiferica.com

ISBN: 978-84-10171-31-2
DEPÓSITO LEGAL: CC-187-2024
IMPRESIÓN: Kadmos
IMPRESO EN ESPAÑA – PRINTED IN SPAIN

Pronto debería llegar una carta de confirmación. Contendrá la convocatoria para hacer el examen de ingreso, con la dirección, la fecha y la hora. Habrá que mostrar el dosier, alzar una carpeta llena de dibujos que deberá colocarse horizontalmente encima de una mesa rectangular de tablero estratificado y desanudar las desgastadas cintas que hay a los tres lados tirando de ellas sin mostrar el nerviosismo que encierra ese gesto habitual y cotidiano, repetido tan a menudo, hacerlo con desenvoltura y sin pensarlo siquiera, un gesto que, sin embargo, ese día habrá de hacerse ante los miembros de un tribunal, y la cosa cambia. Será preciso aplacar el temblor que delatan las manos, ahora entumecidas, pálidas y rojas al mismo tiempo, y levantar, como la tapa de un cofre del tesoro en el que se esconden unos mapas secretos, el lateral del portafolio, que está algo abombado a causa del grosor de las hojas y la humedad. Una a una, habrá que ir girando las láminas realizadas durante ese año preparatorio –pasteles al óleo, pasteles secos; dibujos a lápiz, al carboncillo; *gouaches*, acrílicos, estudios anatómicos– mientras se abriga la esperanza de que el tribunal, seguro de su olfato, con una mirada rápida y sagaz, sea capaz de discernir ciertas cualidades que habrán de confirmarse entre un conjunto desigual. Tendremos que encontrar la velocidad apropiada para ir pasándolas y así darles tiempo a examinarlas todas, a detenerse aquí o allá, sin demorarnos demasiado para que no nos tomen por personas pusilánimes o incluso complacientes, para no arriesgarnos a exasperar a los miembros del tribunal, a provocarles gestos de impaciencia más o menos reprimidos. Suspiros o, peor aún, una mirada al reloj.

Deberemos procurar asimismo no ir demasiado deprisa, ya que podría resultar frustrante y dar la impresión de que intentamos abreviar, de que nos da un poco de vergüenza. Sobre todo, deberemos intentar asumir la autoría de las imágenes que estaremos presentando sin un orgullo desbordante pero sin censurarnos tampoco, encontrar ese punto intermedio casi un poco mecánico y aparentar que nos sentimos cómodos, que lo hacemos con la mayor naturalidad.

Por la mañana temprano, habrá que prepararse antes de que amanezca, como cuando se va de vacaciones, y salir con tiempo de sobra por si hay algún percance con el transporte, un accidente o alguna avería. Si mañana perdemos el tren de cercanías delante de nuestras narices y, en lugar de verlo aparecer triunfante por el túnel, lo vemos alejarse dando un huidizo silbido, deberemos esperar al siguiente sin que el corazón se nos acelere más de la cuenta, sentarnos en un asiento de chapa esmaltada, relativamente tranquilos gracias al amplio margen de tiempo que hemos previsto por si acaso. Respirar con normalidad el confinado aire de la estación, donde flota un tufo a huevos podridos, bajo una luz de democrática blancura que conferirá a todo el mundo un aire enfermizo.

Es muy probable que en el camino nos crucemos con otros candidatos. Aspirantes a artistas con el mismo semblante angustiado, el mismo perfil, una carpeta de cartón bajo el brazo, un aspecto de lo más estudiado, a veces excesivamente llamativos de lejos, desde el otro extremo del andén, con los vaqueros extragrandes y un mechón de pelo esmeralda, minifaldas escocesas y *piercings*, medias de rejilla con agujeros más grandes hechos a propósito, un libro con las esquinas dobladas asomando por un bolsillo, pero en ese momento nadie se sentirá tan relajado como para hablar con los demás, como se hace en las escaleras de un edificio, donde si alguien va detrás de otra persona con una botella en la mano le dice: anda, creo que vamos al mismo sitio.

Todos esperamos lo mismo, atravesar esa misteriosa barrera, la primera de dos. Somos tantos que es mejor no saber cuántos pasarán a la segunda ronda ni en qué porcentaje. Todos esos jóvenes, reconocibles a tan sólo unos asientos de distancia en el vagón, con los que intuimos que tenemos algo en común, a los que espiamos discretamente, a los que escudriñamos a hurtadillas sin atrevernos a mirarlos a los ojos, son competidores potenciales pero puede que también futuros amigos. ¿Son sobresalientes, mucho mejores que nosotros? Nada permite adivinarlo. El viaje, bastante largo, está salpicado de comprobaciones para estar seguros de que no nos hemos equivocado de línea, entre el plano impreso de la red de trenes y los letreros de cada nueva estación por la que pasamos.

Nuestra mirada pasa de un lado al otro para no perdernos nada. A este lado, las vías del tren; al otro, casitas con jardín. A lo mejor sería buena idea decirle al tribunal unas palabras sobre el paisaje que hemos visto de camino. Tener algo que decir sobre el entorno podría servirnos, ¿por qué no?, para entablar una conversación, para encontrar un tema común que se aleje un poco del dosier antes de volver a él.

Los barrios de la periferia se suceden con nombres de los que quizá hayamos oído hablar pero que no nos evocan nada realmente familiar. Entrevemos casas hechas de enormes piedras marrones de contornos aleatorios, porosas como la lava, unidas entre sí por un cemento que forma una red de líneas rústicas, una inmensa red de cazamariposas trazada con una trulla en las fachadas y, delante de las escaleras de entrada u ocultos en la parte trasera, pequeños jardines delimitados por verjas y tapias. A la velocidad del tren, ciertos detalles destacan de manera aleatoria sobre el resto. Un viejo porche de metal forjado que constituye el único elemento elegante de un chalet de color carbón, un tejado de tejas perfectamente alineadas en el que a un gato de mentira le encantaría cazar dos palomas de fayenza, unos ladrillos de colores que forman motivos en una fachada, casitas unifamiliares de sobria simetría, con una puerta en medio y unas ventanas de madera cuyos parteluces están desconchados.

Edificios bien cuidados, sin ningún encanto concreto, de tres o cuatro plantas y portales alfabéticos, con locales comerciales en la planta baja alquilados por mutuas de seguros o laboratorios de análisis médicos, fachadas ligeramente sinuosas para aportar un toque de rotundidad al conjunto, puertas de entrada que imitan la madera, alféizares demasiado estrechos para alojar una jardinera, rótulos con logotipos subrayados por una breve línea, un paréntesis inclinado horizontalmente para evocar una sonrisa permanente o una flecha hacia arriba, pues todas ellas son empresas dinámicas.

Al salir de París, tras un inmenso punto limpio para reciclar el cartón y el papel, la vía férrea discurre por una zona sin edificar, una isla sepultada bajo la vegetación donde se diría que de momento nadie se ha detenido, que aún quedan rincones vírgenes en la región parisina, una selva a tiro de piedra de la ciudad, en este caso a orillas del Oise, donde a cualquiera a quien se le ocurriera la idea podría construirse una cabaña, una barraca de tablones y chapa con muebles plegables y los pertrechos para pescar su almuerzo.

Desde alguna de esas estaciones, probablemente se pueda seguir un sendero que conduzca a esa isla silvestre, ese islote bajo la profusión de un follaje cuyos contornos el viento barre sin cesar, ramas que intentan alcanzar el flexible y amplio vaivén de una pluma de avestruz. Los árboles deben de ser tan protectores como hostiles, un refugio en el que pasear o perderse. Sin duda lo mejor será no aventurarse en ellos, para evitar toparse con huellas recientes de actividad, pruebas de que ese bosque no es virgen en absoluto, cristales rotos, latas estrujadas, basura a cielo descubierto esparcida alrededor de los restos ya fríos de una fogata, una vieja hoguera quizá, vestigios de una borrachera bajo las estrellas o de una fiesta improvisada, una reunión que acabó mal tras un comienzo moderadamente bueno.

El tren pasa al lado de un depósito de vagones, una serie de edificios nuevos provistos de contraventanas plegables. No sabemos cómo será la escuela. ¿Qué aspecto tendrá?

Seguramente tenga pocos puntos en común con ese tupido bosque y, sin embargo, deberemos abrirnos paso para acceder a ella.

Tendremos que labrarnos un camino aún sin señalizar, crear un mundo con materiales que nosotros mismos compraremos, que elegiremos por instinto o que encontraremos sobre la marcha, elementos que deberemos reunir tratando de mostrar inventiva. Para ello, no tendremos que encontrar ni arándanos, ni avellanas, ni bellotas, como tampoco fresas ni flores silvestres, sino esa rareza que siempre crece en sitios y momentos inesperados, irrepetibles, cuya aparición no podemos predecir, al igual que tampoco podemos afirmar que conocemos los lugares más propicios, pues, en realidad, no hay lugares propicios, no es una cuestión de encontrar setas de San Jorge ni lenguas de gato, no: lo que esperamos descubrir son ideas. Mientras vemos esa sucesión de paisajes que se balancean a lo largo de kilómetros y kilómetros entre el campo y la ciudad, esos territorios donde los edificios nuevos –jirones de lona todavía pegados a pavimentos de cemento fresco– acogen ya a algunos recién llegados, inmuebles cuyos interiores atisbamos, con sus visillos en las ventanas, una bicicleta de montaña en un balcón, calles bautizadas sobre plano; pensamos en las imágenes que nos han llamado la atención, que nos han atraído, que nos han dado ganas de hacer ese trayecto, y vislumbramos las que imaginamos que llegaremos a producir algún día. Las tenemos casi al alcance de la mano, podemos visualizarlas con claridad, podríamos incluso esbozarlas con los ojos cerrados en cuanto tuviéramos una hoja y un lápiz, imágenes que se suceden al ritmo regular de los títulos de crédito de aquellos antiguos programas de televisión durante los cuales veíamos congelarse en la pantalla el dibujo de una gaviota antes de que las líneas y las superficies, de un color uniforme, se deshicieran en un fundido sincronizado para formar un barco que a su vez estallaba en pedazos a cámara lenta antes de reencarnarse en un capitán que pronto se transformaría en un timón, etcétera.

A lo largo de ese *travelling* de terrenos y campos, de edificios recientes o por construir, los contornos definidos de lo que nos gustaría hacer, de lo que podremos hacer, de lo que pronto haremos, adquieren forma en nuestra imaginación y se fijan momentáneamente con una precisión alentadora, una nitidez perfecta, antes de desvanecerse tal como vinieron, fundidos en un holograma fuera de su eje a las primeras de cambio. Esas proyecciones intermitentes formadas por nuestra mente en una fase de ensueño concentrado siguen teniendo un gran parecido, todo sea dicho, con las obras de arte que hemos visto, los cuadros que nos han marcado. Nos enfrascamos un buen rato en los detalles de esas proyecciones y reflexionamos. Sentimos apego por ciertos estilos, ciertas maneras, sin decantarnos por ninguno y sin poner nombres. Archivamos esas reproducciones en una memoria viva, las almacenamos en una reserva todavía inmensa y vacía, acumulamos una serie de referencias con la impresión de apropiárnoslas sin saber realmente si estamos autorizados a hacerlo. El día en que una imagen concreta nos impresiona, intentamos conservar una copia mental observándola el mayor tiempo posible, archivando en nuestros recuerdos una versión original para poder verla de nuevo, inspirarnos en ella, incluso copiarla de forma más o menos discreta.

Pensamos en los artistas a los que admiramos y los convocamos lo mismo que si fueran amigos a los que nunca conocimos por un desfase temporal, una cita a la que no acudimos por culpa de la época o la geografía, todas esas almas ya desaparecidas con las que nos habría gustado tener trato. Nos sentimos tan cerca de esas vidas pasadas, de esas sensibilidades que fueron capaces de inventar formas y expresar exactamente lo que sentimos ahora: no podríamos haberlo hecho mejor si hubiéramos estado en su lugar en aquel momento.

Tendremos que encontrar el edificio, preguntar a los transeúntes para comprobar que vamos en la dirección buena, pues sería una tontería equivocarnos de camino y cometer un descomunal acto fallido, pero enseguida constatamos que la mayoría de la gente de la zona no sabe dónde está la Facultad de Bellas Artes. ¿Una Facultad de Bellas Artes, en serio? ¿No estarás buscando la Prefectura? Es la primera noticia que tienen de la existencia de una Facultad de Bellas Artes. No, ni siquiera me suena que me hayan hablado de ella. Tampoco parece interesarles mucho. Sin embargo, hemos ido allí única y exclusivamente por esa escuela; hemos oído hablar de Cergy porque ahí se ubica esa prestigiosa institución cuyo papel de cartas, delicadamente cuadriculado y con membrete, muestra un logotipo al más puro estilo de los ochenta, una enorme e minúscula escrita con un flexible trazo único, una tipografía semejante a una manguera sobre un fondo de trama muy fina, como si fuera una salchicha de goma enganchada en la alambrada de un jardín. La carta de la convocatoria nos estremeció ligeramente. Nos debatíamos entre la alegría de estar avanzando hacia nuestro destino y el miedo al fracaso.

Al salir de la estación, hay que subir un tramo de escaleras y cruzar una plaza de ladrillos de contornos ondulantes y de un color marrón tirando a rojo. Todo es peatonal porque así es como se diseñó ese barrio: en el plan original estaba la idea de separar el tráfico de los viandantes. Por eso su urbanismo consiste en varios niveles unidos por escaleras, tanto mecánicas como para subir a pie. En la parte de abajo hay calles anchas por las que los coches pasan a toda velocidad, sin tiendas ni escaparates, sin nada que dé la oportunidad de detenerse siquiera para hacer una compra rápida, y tampoco hay sitio donde aparcar. Los vehículos se estacionan en enormes aparcamientos. Y, por el pavimento, en el nivel superior, se pueden hacer trayectos caminando, desplazarse desde el punto A hasta el punto B o, dicho de otro modo, ir al centro comercial y volver.

Una vez que se ha salido de la Facultad, no hay realmente lugares ni razones para dar un paseo, excepto si uno tiene que comprar un sándwich o si necesita algún material concreto, por ejemplo, un rollo de cinta adhesiva o una herramienta, para lo cual hay que acercarse al hipermercado que hay al final de la galería comercial. Es un trayecto largo no necesariamente porque esté lejos, sino debido al contraste. No hay vínculo alguno entre, por un lado, esas paredes blancas salpicadas de grapas y manchadas de restos de pintura vieja y del rastro de las goteras, el silencio habitado que reina en las aulas, los pasillos abarrotados de obras por terminar o ya desechadas, y, por el otro, esa calle comercial inspirada en un decorado publicitario donde todo parece de cartón piedra porque es muy reciente. No existe continuidad entre esos dos mundos físicamente tan cercanos. Por mucho que echemos un vistazo a los escaparates mientras caminamos a un paso cadencioso, la ropa y los accesorios no nos miran, no pertenecen a nuestro universo y, en el mejor de los casos, solamente nos suscitan indiferencia o un desdén irónico. El conjunto no se parece a nada o, a lo sumo, es la ilustración exacta de la palabra *crap*. Al final de la galería, una vez que hemos atravesado las puertas automáticas del sobreiluminado templo de tiendas, donde suena una música de modulaciones indefinibles para incitar al consumo, nos encontramos deambulando y angustiados como un niño en medio del pasillo de un supermercado, con anuncios de ofertas especiales y unos carritos cada vez más abarrotados.

La primera vez que, al llegar a esa extraña localidad para hacer el examen de acceso, ella cruza la plaza –quizá hexagonal, o puede que tenga forma de rombo–, en la que hay varios comercios, entre ellos una panadería y un estanco donde poder comprar pan y cigarrillos, no repara mucho en el paisaje. En ese instante su opinión no es de censura, aunque puede que más adelante lo sea. De momento, lo primero es llegar bien adonde tiene que llegar, atravesar la puerta y esperar en un pasillo a que una voz la llame.

Hay una puerta de cristal a través de la cual de pronto se ve cómo es la escuela. Un vestíbulo de techos muy altos atravesado por una pasarela que, a la izquierda, presenta un imponente fresco de azulejos azul violáceo alrededor del perfil de un rostro amarillo que confiere al espacio la falsa apariencia de una piscina, y, a la derecha, la máquina de café, donde quizá se pueda hacer una parada, un alto en el camino que, aun careciendo de atractivo, tiene la virtud de ser una opción y de ofrecer una amplia selección de bebidas por un puñado de céntimos antes de subir las escaleras. Enfrente, una enorme vidriera da a un patio en forma de yin al que le falta su yang y, delante, siguiendo esa curva sinuosa, hay tres escalones que hacen las veces de gradas, además de unos radiadores bajos donde colocarse para observar las idas y venidas, para ver entrar a la gente según va llegando.

Si ella misma no estuviera en esta estresante situación, preocupada por cómo se desarrollará y cuál será el desenlace, pues lo que está en juego es su futuro, podría sentarse y mirar, igual que haría en cualquier café, a la gente pasar como si desfilara por un estrado. Vería a esas personas aparecer y acercarse unas a otras, se deleitaría estudiando su estilo, su aire vagamente desconcertado, su lividez, sus tersos rostros, sus inseguras miradas. Algunos parecen distantes, inaccesibles, y consiguen no cruzar la mirada con los demás. Probablemente teman distraerse, desconcentrarse, pero puede que su rigidez no sea sino una pose, pues quién sabe si de veras tienen la confianza necesaria. Hay algunos que parecen irradiar seguridad, no tener dudas. No, ni la menor sombra de duda. Eso les da cierto prestigio. En cuanto entran en la clase, se meten a todo el mundo en el bolsillo. Ese aire de estar tan seguros de sí mismos no viene de la nada: se debe a que saben que tienen talento. Y probablemente lo tengan. Aunque de momento sean los únicos que lo piensen, el hecho de estar convencidos ya es algo. Tener confianza significa ser fuerte.

Todo el mundo aparenta ser muy joven y abrigar inmensas expectativas. Ella cree saber quiénes han roto con su entorno, reconoce esas estudiadas miradas que quieren proclamar a los cuatro vientos: no soy un burgués, al contrario de mis padres, de mi acomodada familia. No se atreve a hablar con los demás. Todo el mundo quiere que lo admitan en la Facultad, aun a sabiendas de que eso es imposible, pues no hay plazas suficientes para todos.

Atraviesa la puerta con la esperanza de tener la oportunidad de repetir este gesto el día que se inicie el curso y en los años venideros, así que prefiere desterrar la idea de que pueda permanecer cerrada para ella una vez anunciado el fallo. Por el momento, habrá que saludar al tribunal, que parece ser bastante numeroso. Corren los años noventa y, en esta época, el profesorado está compuesto casi exclusivamente por hombres. Parecen maduros y experimentados. No hablan demasiado, pero piensan mucho. Son de lo más intimidantes. Uno de ellos tiene la nariz salpicada de granos y una barba cana; otro lleva unas gafas de acetato de cristal que le dan un aire intelectual y moderno; otro, un hombre bajito y nervioso con la perilla gris y el rostro inclinado hacia abajo, escucha atentamente y asiente de vez en cuando con la cabeza; por último, el que ha salido para llamarla, de mejillas rollizas y apariencia afable, lleva un gorro tibetano y la cabeza rapada. Todos tienen pinta de adolescentes serios. No se los imaginaría vistiendo traje, corbata y camisa. Llevan holgados jerséis lavados a máquina, pantalones de pana gruesa, cazadoras de cuero desgastadas y chaquetas de trabajo cuyos bolsillos se han aflojado de ir siempre tan llenos. Enseguida uno de ellos le parece simpático. Está encorvado de un modo extraño, como por culpa de su altura. Ella siente que está en buenas manos. Quiere confiar en todas esas caras nuevas que parecen no haber roto del todo con su infancia, o al menos se esfuerzan por conservarla en parte, por no permitir que los años alteren su capacidad de seguir caminos desconocidos, de recrearse jugando sin preocuparse por el tiempo, de materializar las ideas más peregrinas. Valoran esa faceta de sí mismos, mientras que hay quienes no lo hacen, o no tanto al menos. Otros se apresuran a borrarla, a olvidarla, o sencillamente no piensan en ella y prefieren seguir un rumbo más seguro, claramente establecido, para desempeñar su oficio, un oficio de verdad según el criterio de la familia de ella y los amigos del entorno familiar. Para sus padres y sus amigos, un verdadero trabajo significa una actividad conocida, identificada, con la que poder ganarse el sustento. Si fuera posible, a ellos les gustaría un oficio que todo el mundo conociera, una profesión que al mencionarla suscitara comentarios de estima o de respeto debido al número de años de estudios y a la dificultad del examen de ingreso, para que al menos puedan decir una frase y enlazarla con ejemplos de su entorno y encontrarse en terreno conocido. La mayoría de las veces, en cambio, puesto que muchos de los amigos de sus padres no saben cómo reaccionar, acompañan con una sonrisa agridulce el típico «Vaya, conque eso haces, es eso» e intentan orientarla hacia un sector más anclado en lo concreto: ¿quizá la publicidad, la escenografía, los decorados de cine...? Ella teme la llegada segura y casi inevitable de las palabras *salidas profesionales*, que, pronunciadas con tono de pregunta, traslucen una inquietud tanto más irritante cuanto que sabe que es legítima. Está claro, desde luego, que no lo sabe, que habla por hablar, que aquello es un salto sin red, y la asusta poder estar dando un mal paso. Puede que sea pretenciosa, inconsciente, demasiado confiada y, definitivamente, una ilusa redomada. Cree ver un destello de compasión en los ojos de sus interlocutores, como si ya supieran lo que ella, tan cándida, todavía desconoce, como si fueran un paso por delante, como si tuvieran el privilegio de conocer la noticia antes que nadie, un regalo potencialmente envenenado, una visión anticipada de lo que está por venir.

Ella siempre ha sabido que no podrá colmar las aspiraciones de sus familiares, su deseo de verla tomar el camino con el que sueñan y que ensalzan delante de ella a la menor oportunidad, pues nunca se sabe, eso podría hacerla cambiar. Hacen todo lo posible por convencerla. Exponen una serie de argumentos absolutamente infalibles a los que ella es impermeable a pesar de que los escucha. Comprende esos razonamientos, los conoce como si fueran viejos estribillos, palabras tranquilizadoras, precavidas y racionales que, sin embargo, no le causan el menor efecto.

No sabe muy bien si le gusta ese matrimonio amigo de sus padres al que ve de vez en cuando en vacaciones, el marido, bigotudo, con una expresión austera a veces suavizada por una sonrisa fugaz, y su mujer, ama de casa, apocada, con una voz débil, el pelo rizado y rubio platino recogido en un moño, que viven en un piso antiguo de estilo *haussmanniano*, amueblado con lámparas de pantallas de tela y colocadas encima de cómodas pulidas, consolas y veladores en los que se amontonan diversos números atrasados de semanarios sobre política y economía. De lo que sí está segura es de que no quiere ser como ellos, ni en un futuro próximo ni lejano.

En cuanto pone un pie en la Facultad, sabe que debe abandonar ese viejo mundo a la entrada, ese mundo que la abochorna un poco; no hablar demasiado de su entorno, ni de su familia ni de sus amistades; no explayarse sobre los lugares adonde va de vacaciones, esas localidades balnearias cuyos nombres no mencionará, todos esos destinos que ella nunca habría elegido. Tampoco se atreve a decir dónde vive, y no lo hace a menos que la persona insista. La inmensa mayoría de los estudiantes comparten viviendas de alquiler en zonas más o menos asequibles del este o el norte de la ciudad, o en la periferia, por lo que dar su dirección, en un barrio acomodado, podría resultar de lo más inconveniente. A veces acaba dando explicaciones: mi padre vive en esa zona y, como es agente inmobiliario, compró ese estudio en régimen de nuda propiedad para tenerme cerca. Y eso es añadir leña al fuego. Presentarse así es un despropósito absoluto: un padre que es agente inmobiliario, la peor actividad a ojos de jóvenes que buscan alojamiento (a las personas que entran por la puerta de la agencia les dicen: no nos dedicamos al alquiler); la aclaración de que esa propiedad, que seguía ocupada por su inquilina de siempre, se negoció por debajo del precio de mercado, y que para eso hubo que contar de antemano con el fallecimiento de la anciana y, por si fuera poco, que esa independencia (un enorme estudio en una avenida arbolada lejos de los comercios) sólo pudo conseguirla a condición de permanecer a tiro de piedra de la casa familiar, casi al alcance de la vista, lo cual de hecho quiere decir que no ha abandonado el nido.

Durante la prueba oral, llega el momento de responder a la cuestión de nuestras referencias. ¿Qué lees? ¿Qué tipo de cosas ves? En ese preciso momento, los nombres de todos los artistas y los autores que podríamos o deberíamos haber citado se desvanecen tan repentinamente como una bandada de pájaros posada en un árbol cerca del cual ha estallado un petardo.

Respondemos a las preguntas, temerosos de decir justo lo que no deberíamos decir, de meter la pata un poco más con cada palabra que pronunciamos. Aún es pronto para decir cómo ha ido la entrevista. El examen oral se parece a un camino jalonado de trampas que aún no sabemos cómo burlar, que ni siquiera sabemos distinguir. Esa expresión seria de un miembro del tribunal como única reacción a tu respuesta, un discreto cruce de miradas cuando mencionas un nombre –pues tras la dispersión de hace un momento consigues recordar uno al menos– y sientes vértigo ante la idea de que todo lo que dices es ingenuo y poco elaborado. Caminas con paso vacilante, dando un traspié después de otro. Aquellos a quienes tienes enfrente se las ingenian para no dejar traslucir nada. Sus rostros son neutros e inexpresivos de un modo sobrio, esperando, como es natural, la oportunidad de cobrar vida e intercambiar sus impresiones en voz alta en cuanto el candidato se haya despedido con un torpe agradecimiento. Es mejor no saber ni intentar imaginar lo que se dirá a continuación.

Si existiera el don de descifrar en tiempo real lo que ocurre en sus cerebros, podríamos leer sus pensamientos y tendríamos una imagen de cómo han percibido nuestra presentación, si les merece una opinión positiva. No han entendido algunas de nuestras detalladas explicaciones. Nos damos cuenta ya a la primera pregunta que nos hacen tras una descripción precisa, una explicación prolija sobre nuestro método de trabajo, sobre qué queríamos decir y sobre cómo nos las ingeniamos. Al parecer no era tan clara o puede que fuera demasiado técnica. Esa pregunta implica desandar el camino; hemos hecho en directo un análisis pormenorizado y nos parece desaconsejable empezar de cero porque podríamos acabar embrollándonos. Debemos intentar resumir al tiempo que guardamos la calma y sin que nuestra mirada deje traslucir la menor sombra de pánico o desilusión.

Que no parezca que les estamos diciendo: ah, muy bien; no se han enterado ustedes de nada. Tememos las preguntas demasiado generales, pues nos bloquearán. Todas parecen trampas, aunque los examinadores no las hayan ideado como tales ni hayan tramado una estrategia diabólica con el único fin de desestabilizarnos. ¿Por qué quieres ingresar en esta Facultad? ¿Qué aspiraciones tienes? ¿Cuáles son tus aficiones? ¿Te interesa la pintura? Intentamos ganar tiempo, nos gustaría que el geniecillo del don de la oportunidad se nos apareciera de manera espontánea y diáfana, y nos ofreciera sus servicios, una primera prueba gratuita, y nos susurrara la respuesta idónea, pero no: todos nos observan en silencio, esperando oír lo que nosotros, como individuos pensantes que somos, tenemos que decir sobre el tema.

Uno de ellos te anima con una levísima sonrisa, así que le sostienes la mirada en exclusiva para continuar tu exposición: lo miras fijamente porque parece apoyarte; te centras en él mientras diriges tus palabras a los demás y te dices a ti mismo que, a pesar de todo, no debería darles la impresión de que los ignoras o los excluyes. Así pues, con los ojos haces un barrido circular por esa asamblea, pero la expresión algo ausente de uno o el ceño fruncido de otro te devuelven de inmediato al punto A y al apoyo del que sigue atento a lo que dices. Posar tu mirada un segundo de más sobre cualquiera de los miembros del tribunal podría desconcertarlos.

Hay que decir que después de tantos años de escuela, colegio y liceo, le cuesta dilucidar qué será lo que decidirá su futuro en uno u otro sentido cuando esté delante del tribunal. Hoy no es ni conveniente ni recomendable repasar una lección concreta ni seguir un guion; no es aconsejable del todo demostrar que es seria y que está cualificada, ni, en sentido estricto, que reúne todos los requisitos de la parrilla de evaluación. Intuye que lo que le piden, algo que en un mundo ideal sin duda haría pero de lo que por el momento se siente incapaz, es simple y llanamente ser ella misma.

Hay unas tablas dispuestas sobre las mesas y apoyadas contra la pared. Colgarlas, lo que se dice colgarlas, es imposible, pero mal que bien las puede apoyar para que se sostengan en vertical. Da la impresión de que son mercancías listas para su embalaje. En el vestíbulo del edificio donde vivía, en la garita del conserje, se leía esta frase a modo de advertencia: PROHIBIDA LA ENTRADA A VENDEDORES DE ALFOMBRAS, VENDEDORES AMBULANTES Y DEMÁS REPRESENTANTES COMERCIALES.

Al cabo de un rato breve y largo a la vez, bastante difícil de precisar, el tribunal parece haberse formado una opinión y no necesita más aclaraciones. ¿Tenía ella alguna pregunta? Bueno, preguntas, no, en realidad no, tal vez si pudieran concretarle un poco el plazo de respuesta a su solicitud... Pero mejor abstenerse de decir nada, porque, pensándolo bien, no es una pregunta muy interesante y esa información figurará en alguna parte. No..., lo tiene todo claro, bueno... A continuación, hay un silencio ambiguo, lleno de vacilaciones e incomodidad que únicamente los miembros del tribunal estarán en posición de interrumpir, o de dar por finalizado. Una mirada asoma por encima de unas gafas de medialuna para preguntarle, y ésta será su última oportunidad, si tiene algo que añadir. En aquel popular concurso que prometía ganar millones, el presentador acababa invariablemente sembrando la duda: ¿es ésta su última palabra? Pero en la prueba que le hacen ahora reina la calma y el tribunal ya está pensando en el siguiente aspirante, en todos los que están esperando, y ella no quiere retrasarlos. Ya no es el momento de soltar lo primero que se le ocurra con el mero fin de hacer un comentario o una observación.

Es una pena que no le hayan dicho nada del broche casero que se ha puesto para la ocasión, una creación un poco improvisada de un día en que, amasando una bola de plastilina, se le ocurrió una extraña figura animal, una cabeza abollada con un hocico flácido, una especie de michelín que, al pellizcarlo, le parecía de lo más expresivo y que había esmaltado de color verde manzana para darle un toque especial. Convencida de que les llamaría la atención, cosa que no sucedió, había pensado en añadir, contestando a la última pregunta, un plus para metérselos del todo en el bolsillo, para apuntarse otro tanto. Eso habría aportado otra dimensión a sus habilidades. En el tren de vuelta, echando la vista atrás, ha de rendirse a la evidencia: su joya de fantasía no ha despertado interés alguno en el grupo de examinadores. Probablemente la cosa no haya ido tan mal, intenta consolarse.

Justo después ese objeto desapareció, sin duda desvanecido por la indiferencia que despertaba. Se escondió por voluntad propia en algún vaciabolsillos del que nunca volvió a salir.

Durante esos años en la Facultad de Bellas Artes, hará una constatación: en cuanto se decide a mostrar una obra en la que está trabajando, necesita la mirada de otra persona para que le diga si es o no digna de algún interés. A veces ella no lo sabe, no tiene ni idea, no tiene capacidad para discernir ni siquiera confiándose a su intuición.

Jugará al gato y al ratón. Colocará, como quien no quiere la cosa, un boceto en la esquina de la mesa a la espera de una reacción o un comentario. A veces comprenderá que el cebo no ha atraído a su presa y relegará ese esbozo al olvido. Acabará por cambiar su forma de mirar los objetos que va creando, por reconfigurar de lleno sus opiniones. Una valoración positiva y, como quien cambia de chaqueta, se pondrá la bata de artista del bando contrario y apreciará un proyecto que consideraba un fracaso, y a la inversa, un punto de vista negativo le hará mirar con desdén una obra que no le parecía mala y que tardó mucho tiempo en llevar a cabo. Su sistema de valores se revisará periódicamente en función de las opiniones externas. Tendrá que aprender a escuchar sin dejar de escucharse a sí misma. Habrá de superar el efecto desestabilizador de una frase hiriente, que, cómo no, tenderá a tomarse a pecho. Intentará guardar un equilibrio entre dos percepciones diametralmente contradictorias.

Pero todo eso aún no lo ve. Deberá superar la primera etapa, la que cree más ardua. Después, todo será más fácil.

En algún momento, la entrevista debió de terminar. Ajena al mundo, el viaje de vuelta se desdibuja; no ve el espacio que la rodea, totalmente absorta en representar la escena, en vanos intentos mentales de encontrar y reordenar frases, de reproducir ciertos momentos que teme que hayan decidido su destino. Repasa su balbuciente reacción cuando le preguntaron qué había estado leyendo últimamente y, para contrarrestar esa falta de resortes, enumera ahora las diversas obras que podría haber citado. Se le van ocurriendo poco a poco. A toro pasado, intenta enmendar los silencios y las omisiones, como si al soñar pudiera modificar el pasado más reciente, pero, conforme vaya creciendo esa bibliografía que llega con retraso y el RER aumente su velocidad, en ese preciso intervalo de tiempo, se habrán sucedido, y sin duda se estarán sucediendo, otros candidatos más maduros y espabilados que ella, algunos de los cuales habrán convencido en gran medida al tribunal y, sin querer, habrán barrido de un plumazo su pasable presentación. Lo único que puede hacer es aguardar una respuesta para saber si conocerá de primera mano esa siguiente etapa que aún no sabe si consistirá en escribir un ensayo sobre una fotografía y una obra plástica a partir de varios objetos repartidos por la entrada de la sala.

No lo sabrá hasta el año siguiente, pues esta intentona no será la buena y tendrá que volver a presentarse. El tribunal ha visto que ella todavía era un poco joven, demasiado inmadura para el nivel requerido. Tendrá que probar de nuevo al cabo de un año, con las mismas caras o con otras nuevas, y entonces todo habrá cambiado, pero después de mostrar algo más de dominio en el oral (algo de lo que ella se dará cuenta), llegará una carta de respuesta en la que leerá, con todas sus letras, ese adjetivo que tanto tiempo lleva esperando: *admisible*. Es una palabra prudente y algo distante pero alentadora, a fin de cuentas; admisible, leerá, una hipótesis que ahora decide tomarse en serio. El aula donde se celebrará la prueba está situada al otro extremo de la explanada, en la Facultad de Comercio, cuyo edificio, justo al lado de la Prefectura, parece erigido sobre la hierba; las hileras de mesas idénticas dan una idea del gran número de participantes convocados para la segunda parte del examen.

Seguramente en el edificio de Bellas Artes no había ni espacio, ni instalaciones apropiadas, ni aulas tradicionales, así que tiene la sensación de estar en un entorno que le recuerda al liceo, salvo por el hecho de que, a la entrada, un hombre gordo y barbudo como salido de una leyenda nórdica le entrega a cada aspirante una hoja de periódico, una regleta de cables eléctricos y un taco de plástico gris, de esos que se utilizan para fijar un tornillo a la pared. Deberá hacer algo con esos elementos, una figura, un dibujo, cada uno puede hacer lo quiera, una naturaleza muerta, un paisaje. Podrá, si quiere, arrugar el papel para darle un poco de volumen, algo que incluso es recomendable, según el sucinto y enigmático enunciado. Tendrá que releer y repetir las dos frases, bastante largas, para entenderlas bien, para estar segura de que no se equivoca. La idea es crear una composición a partir de los tres elementos después de pasar un rato observándolos. Si con lo árido de la propuesta pretenden liberar el gesto creativo, desde luego han dado en el clavo. Encima de la mesa, que es de melamina, los tres objetos, tristones e inertes, lo tienen difícil para producir el efecto equilibrado de un ensamblaje. También tendrá que comentar una diapositiva, además de redactar, en una o dos páginas, un ensayo de tema libre. Deberá escribir sobre una fotografía, *Tres campesinos van al baile*. Tres jóvenes, bastón en mano, traje oscuro y sombrero, caminan por un camino rural cuando los inmortaliza August Sander, a quien miran plácidamente, con la cabeza ligeramente inclinada recortándose contra el fondo de un cielo nublado. Hasta ahora ella había tenido que hacer comentarios de texto o de poesía sirviéndose de un método probado. Tesis, antítesis, síntesis. A menudo había oído desgranar esas tres palabras en un orden inmutable y clásico, una fórmula para el éxito a la hora de redactar y disertar. Tesis, antítesis, síntesis: los pasos básicos, un procedimiento incontestable. Y, ahora, ante una hoja en blanco sobre la mesa, le resulta evidente que ya no debe aplicar esa receta y que, por el contrario, es importante demostrar que no sigue un sistema determinado de antemano y, sobre todo, no dar la impresión de haber conservado sus reflejos de colegiala. Las tres entidades eternas, esa santísima trinidad, se han escapado del liceo y se lanzan a la carretera una vez cumplida su misión. Se han vestido de hombre y salen a divertirse. A pesar de su atuendo austero y sus galas de domingo, se mueven libremente en busca de aventura. Avanzan a paso seguro hacia lo desconocido, que las espera y las atrae como un imán. No cuesta imaginar lo que vendrá justo a continuación: una vez que han burlado la suspicaz mirada del policía, reconocible al instante a pesar de su disfraz de retratista ambulante bajo la tela negra de la que, por la espalda, sobresale la porra blanca con la que se golpea la palma de la mano, esas tres palabras no tardarán en acelerar el paso, primero levemente, luego corriendo sin disimular antes de salir huyendo a toda velocidad.

En el aula donde se celebra la prueba escrita, es el momento de lanzarse a expresar lo que ve, lo que siente, lo que imagina; el momento de contar algo de manera intuitiva entregándose a lo que venga. Debe demostrar que tiene sensibilidad. Habrá de darse ánimos a sí misma, algo que no está acostumbrada a hacer. Se trata de una apertura nueva, inesperada, una tronera desde el interior del castillo, y dispone de una hora y media. Unas cuantas ideas entran tímidamente en escena. Unas cuantas ideas, aún petrificadas por culpa del miedo escénico, entreabren el telón y divisan el gran escenario, adivinan unas presencias sentadas en la oscuridad y se preguntan cómo hacer una entrada triunfal. Un hombre mofletudo y pausado, que resulta ser el propio director, ha tomado asiento junto a la puerta y vigila atentamente el silencioso desarrollo del procedimiento. No hay examinadores desdeñosos, ni cejas arqueadas, ni chasquidos con la lengua listos para ser disparados. Aunque se trate de un examen de acceso, el ambiente parece bastante tranquilo. Ella tiene que ser única, evitar las banalidades que le vienen a la mente, y que sin duda también se les ocurrirán a los demás; en la medida de lo posible, tratará de evitarlas sin desviarse completamente de los clichés. Los rostros de esos hombres fotografiados en 1914 miran a cámara. Nunca supieron, ni siquiera imaginaron, que, al cabo de unas décadas, unos jóvenes que acababan de aprobar el bachillerato deberían desplazarse hasta una ciudad nueva situada a unos treinta kilómetros de París para hacer una prueba consistente en describir sus fantasmales siluetas, unos jóvenes que, mirándolos, de entrada supondrían que los tres, tan elegantes, debieron de tener una existencia minada por la guerra y que el camino de arena que enfilaron para ir a bailar al pueblo los conducía, fatalmente, sin que ellos lo supieran todavía, hacia un sombrío porvenir.

Observar una imagen, una imagen artística, completamente a oscuras, y enfrascarse en ella durante largo rato es un ejercicio inédito para ella. Alguien se ha encargado de elegirla y, al hacerlo, la ha llevado de lleno a un espacio donde puede detenerse y contemplar, donde la contemplación no es una actitud ridícula. Le han encomendado una misión que consiste en vibrar, en reaccionar, en deleitarse con esa visión. No deberá ni precipitarse, ni hacer una observación irónica para brillar, ni dar la impresión de que es una sabelotodo. Es entonces cuando repara en que la pose burlona de una amiga de la infancia cuando veían cuadros en los museos le parecía hiriente y tonta. Las iglesias y los palacios de Italia que visitaron aquel verano, con una maltrecha guía del país en ristre y unas mochilas tan pequeñas que les obligaban a colocar las cosas por fuera, por encima y colgadas de los laterales, habían sido el objetivo del viaje, pero, a fin de cuentas, sobre la marcha se fue dando cuenta de que para ella aquello no había sido sino un paso obligado que, nada más alcanzarlo, se superaba en un santiamén, se dejaba atrás en el acto, se marcaba la casilla de *hecho* sin la menor emoción antes de decir: ya está, ahora vayamos a comprarnos un helado. Eso sí, ahora que tiene delante a esos tres acicalados proletarios que durante unos instantes se detuvieron, asombrados de ser los protagonistas de una escena fijada en un negativo, ella podría permanecer inmóvil, es más: eso es lo que debería hacer. Pase lo que pase cuando llegue la contestación a su solicitud, después de haber leído las obligaciones que deberá cumplir si supera la prueba, ya se siente más o menos admitida en una antesala, ya ha dado algunos pasos adelante. La Facultad le pedía que redactara algo a partir de una obra importante, lo cual ya era una forma de considerar que es más o menos capaz de hacerlo. A menudo los estímulos vienen de fuera. Una fuerza temerosa y latente necesitará ciertas ratificaciones para desarrollarse.

Un mero «deberías intentarlo» planteado de pasada, sin ni siquiera pensarlo en serio, a propósito de una residencia, lo verá como un estímulo para intentar reunir un dosier artístico.

Alguien podría preguntarse qué ha sido de todos los dibujos a lápiz y a carboncillo de aquellos tres elementos en apariencia inconexos que los aspirantes entregaron a la salida del aula. ¿Quién eligió esos objetos? Es probable que, en el último momento y faltos de ideas, algunos profesores decidieran ir al taller de madera o al aula de tecnología para ver qué podían encontrar sobre la marcha, algo que no fuera muy caro y que nadie echara en falta, antes de pensar juntos en una prueba práctica. Tras un tiempo de observación, deberéis hacer una propuesta a partir de estos objetos normales y corrientes producidos con herramientas mecánicas en las fábricas. Ella no recuerda si, al final del ejercicio, debía dejar el plástico de burbujas y los utensilios de bricolaje donde estaban o si podía llevárselos a su casa por si alguna vez necesitaba conectar una lámpara, colgar un cuadro de un clavo (no suministrado) con ese taco para materiales macizos, o si sencillamente los podía guardar de recuerdo. Pero, desde luego, no querría pasar por una persona mezquina, ya que podría estar mal visto marcharse llevándose unos objetos puestos a disposición de una prueba de acceso a una escuela nacional. En cualquier caso, aquello distaba mucho de las coloridas cestas de fruta y las escayolas antiguas, las réplicas de estatuas y los arreglos florales. Le daba un toque moderno, singular y sorprendente.

Tal vez fuera el resultado de los recortes presupuestarios o puede que se tratara de un gesto interiorizado y provocador para tambalear cualquier certeza y demostrar que no existen temas buenos o malos.

Poco después del inicio del curso, tres profesores del mismo departamento nos propondrán a los alumnos de primero que reúnan materiales que ellos mismos elijan para crear una máquina de sonido en un solo día. Un ventilador que remueve las partículas en una tubería cogida de una obra; utensilios de cocina conectados a una cadena de bicicleta que, al moverlos, chocan entre sí; una banda sonora que chisporrotea bajo un colchón de espuma; diversos objetos que caen al suelo desde un tragaluz arrojados por un dúo que, haciendo gestos robóticos, aparenta que la *performance* está ensayada y sigue un ritmo establecido. Algo está en juego en directo, una improvisación traída por los pelos y ejecutada con seriedad. Los participantes vamos pasando de una sala a otra y vamos descubriendo las diferentes propuestas, como la nacida al calor de las vehementes discusiones entre unos que no lograban ponerse de acuerdo tras formar un grupo o como la de una figura solitaria que desde el principio había permanecido al margen de los demás, obras todas ellas que, si bien presentan unas puestas en escena y unos ambientes sugeridos con pocos recursos, apuntan maneras, primeras pistas de lo que esas personas harán. Esta tendencia se confirmará: no hemos entrado en una academia. Lo importante ya no es copiar a los maestros de la Antigüedad ni saber dibujar a la perfección. Hay que saber reaccionar con rapidez a enunciados más bien abiertos, a veces abiertamente libres, a las indicaciones que probablemente los profesores dan esa mañana, en cuanto llegan a la escuela, según su estado de ánimo. Esa serie de contornos apenas bosquejados que habremos de captar, cada uno a su manera, será el punto de partida para, explorando lo más hondo de nuestro ser, construir un lenguaje, adoptar tal o cual registro, descubrir intuitivamente cuáles serán nuestras tendencias. Se confirman una serie de tipologías, familias estéticas, personalidades. El tipo de cara alargada, alto y delgado que camina encorvado con su gorra de marinero siente fascinación por los entornos industriales, los ferrocarriles y las líneas de alta tensión. Una chica más bien discreta cuyas mejillas se sonrojan cuando sonríe despliega unos enormes dibujos a lápiz en un papel ligero, retratos sensibles y minuciosos realzados por salpicaduras de color aquí y allá. Hay un pintor de cara redonda y ojos como canicas que, llegando a primera hora de la mañana y marchándose bien entrada la noche, pinta inmensos lienzos al óleo, escenas en tonos estridentes con figuras mitad humanas y mitad salvajes sobre fondos lisos. Un islandés algo taciturno que, sobre unos lienzos apenas imprimados, rugosos para resaltar la delicadeza de su gesto, pinta estilizados árboles que proyectan sombras curvas con la rotundidad de una bola de golf.

Una chica de ojos claros, en quien adivinamos a la antigua colegiala buena, frágil y obstinada, utiliza tinta para estampar, en unas hojas de papel gris amarillento, diversos motivos infantiles: flores, tréboles, cachorros, churumbeles de color cian, violeta o verde, enjambres de motivos repetidos. Hay una joven de aura misteriosa que siempre va maquillada, con la piel muy pálida y los labios de un rojo vivo, y vestida con ropa oscura. También hay un chico alto que lleva el pelo rapado, una gorra y un largo abrigo de cuero negro, y que tiene pinta de enfadado y de querer atemorizar a todos. Camina dando zancadas, siempre más o menos contrariado. No soporta la autoridad. Se ha forjado un personaje al que nadie puede decirle nada, dispuesto a pelearse con cualquiera a la primera de cambio. No suele haber muchas oportunidades de ver sus obras, pero no rinde cuentas a nadie. Un día, poco antes de dejar la escuela, mete los pies en una palangana colocada en medio del vestíbulo, forma un charco de agua sucia a modo de golpe de efecto final, una *performance* vengativa contra la escuela, demasiado rígida para su gusto, se marcha y es Mauricette, la señora de la limpieza, quien tiene que arreglar el desaguisado.

El día que empieza el curso, en la parte superior de la escalera, nuestra primera mirada se posa en un alumno apoyado en la barandilla y rodeado de compañeros. La barbilla alta, un aire de estar seguro de sí, el rostro ovalado y el pelo corto, delgado y fibroso, en vaqueros. Presenta una instalación que revela los reflejos difractados de una intensa vida nocturna, música tecno y bolas de discoteca, experiencias por un tubo, purpurina y *flyers* esparcidos por todo el suelo. Con el paso de los meses, saltará a la vista que está adelgazando, lo que sugiere que la noche lo ha absorbido y lo ha contagiado, y los vestigios de esas fiestas dejarán una estela de cenizas y polvo con sus centelleantes partículas incrustadas en el suelo.

Hay rostros que no identificamos aunque los vemos a diario, personas que pululan por ahí pero de las que no sabemos nada hasta que nos topamos por casualidad con un objeto, una escultura, una foto que acaban de colgar. Recorremos un pasillo y nos encontramos con una obra que ha aparecido de la nada en la pared, apoyada en un zócalo pintado varias veces, y nos acercamos para mirarla. Pero ¿lo has hecho tú? Estamos sorprendidos, escépticos, impresionados, admirados, celosos de las buenas ideas, algo que ha estado tramándose en secreto, gestándose en la sombra, y ahora lo descubrimos de golpe.

Una mañana, una alumna tapiza una pared entera con pequeñas fotos, autorretratos en blanco y negro fotocopiados y no más grandes que las páginas de un bloc de notas, y en ellas se sirve de los píxeles para formar las letras de unas frases que puedan leerse de lejos. El techo de la sala es muy alto, y la joven se las ingenia como puede para llenar ese inmenso espacio calculando la altura de cada palabra y los márgenes a ambos lados. De cerca se ven los detalles de las imágenes. De lejos, se leen las frases, cuya tipografía recuerda a los antiguos tablones informativos de las estaciones de ferrocarril, en los que los números y las letras aleteaban y rotaban durante períodos de tiempo variables antes de quedarse fijos para formar el nombre de una ciudad y el número de un andén.

Es todo un acontecimiento, y todo el mundo tiene esa impresión, empezando por la propia alumna. Nos provoca un sentimiento extraño, una sana emulación, admirar el resultado e intentar hacerlo igual de bien, ir aún más lejos en la plasmación de unas ideas que aún están por descubrir, producir algo parecido sin tener que imitar esa obra. Una influencia demasiado visible es un escollo para los artistas que admiran a otros artistas, un signo de debilidad: el hecho de que nuestras inspiraciones salten a la vista a las primeras de cambio significa que nos encontramos en un estado de fascinación, bajo cierto ascendiente estético. Esto puede estar bien al principio, pero pronto habrá que distinguirse, afirmarse con más franqueza y conseguir transformar esa fidelidad a ciertos modelos en una hibridación más personal.

Hay quienes siguen una única línea, quienes en sus años de estudios exploran y desarrollan una secuencia, un género identificable, y hay otros que en algún momento cambian de estilo y método, pasan de un medio a otro, se embarcan en obras nuevas que ya no tienen mucho que ver con las anteriores. Hay un compañero que se enfrasca en la fabricación de seis vitrinas de hierro que suelda durante semanas; las desplaza con la ayuda de varios soportes y las sella con unos cristales. Después se confecciona un disfraz de pájaro de papel maché con el que se lo ve deambular por los pasillos. Más adelante, empieza a pintar motivos geométricos en blanco y negro, y a fabricar sillones de madera con forma de cuchara. En el taller de enfrente, una chica recorta dibujos de prospectos e instrucciones, y los combina para hacer *collages* uniendo unas manos que rompen unos conectores eléctricos a otras cuyos dedos índices presionan unos aerosoles, piezas listas para ensamblarse con un clic en el orden indicado, dedos que tiran de un cordón, que separan unos labios enormes, que deslizan una cápsula en la lavadora, que aprietan una tuerca con una llave, que retiran una tapa o que pliegan algo por las líneas de puntos antes de juntar los lados como se indica. El resultado está muy logrado, es absurdo; pensamos que qué idea tan brillante, por qué no hicimos eso cuando de siempre a nosotros también nos han parecido graciosos esos diagramas, que tienen un no sé qué a la vez trivial e ingenuo. ¿Por qué no se nos ocurrió coleccionarlos, conservar los ejemplares más bellos, sobre todo aquellos procedentes de países extranjeros, con explicaciones que no entendíamos o aquellos que presentaban crasos errores de traducción?

No merece la pena darle muchas vueltas a eso, pues ya hay alguien que lo ha hecho y parece que hace tiempo que se ha apropiado del tema, aunque nos sentimos tentados de retomarlo. La proximidad de la fuente, dentro de la propia escuela, hace que cualquier imitación sea comprometedora. Lo que podemos hacer es quedarnos con el espíritu general de la obra que nos ha seducido, ese lado tan serio como fantasioso en el que todo el mundo puede reconocerse fácilmente al verse esforzándose por seguir una serie de ideogramas aparentemente muy sencillos y estilizados que muestran las sucesivas etapas de un montaje mecánico o una secuencia de gestos. Esos descubrimientos, esas epifanías, ese entusiasmo algo empañado por la envidia, nos provocan breves remordimientos, renuncias inmediatas, ya que, al mismo tiempo que nos complacemos en admirarlos, cerramos en nuestro fuero interno todas esas sendas que podríamos haber seguido. Estimamos a aquellos que alumbran una obra lograda y los maldecimos por la misma razón. Al instante, aparecen esos letreros de PROHIBIDO EL PASO o PROPIEDAD PRIVADA a la entrada de caminos que apenas comenzábamos a enfilar, caminos en los que sin embargo sabemos que es preferible no aventurarse, caminos, incluso, de los que debemos apartarnos totalmente para que, un poco más adelante, podamos hollar un terreno virgen o uno en el que tal vez aún no haya huellas demasiado recientes.

Otra alumna ha encontrado un estilo que mezcla varias preocupaciones y temas: el universo doméstico, esos accesorios superfluos que se han vuelto de inmediato indispensables, las fundas protectoras para objetos cotidianos y los dispositivos que albergan en su interior. Confecciona fundas con cremallera para una serie de perchas alineadas y estuches de piel sintética con formas alambicadas. El esmero extremo que pone en esos prototipos, que ningún fabricante, por majara que estuviera, querría producir ni siquiera para abastecer la sección de bromas de una tienda de cachivaches varios, les confiere una cualidad surrealista que es a la vez grotesca y conmovedora. Hay un parentesco natural con dos obras de Meret Oppenheim: por un lado, *Mi niñera*, ese par de zapatos atados como si fueran un pollo asado cuyos muslos son los tacones, aderezados con una suerte de gorgueras de papel; por el otro, *Desayuno con pieles*, una taza de té sobre un platillo y su cucharilla totalmente cubiertos de piel de conejo.

Hay algo interesante y familiar, vaya si lo hay, piensa ella, en esa iconografía del ama de casa. Una vida en un piso, las repetitivas idas y venidas de la cocina al comedor, del salón al cuarto de baño; las precauciones básicas para proteger el parqué, las telas, las cortinas, el sofá o la mesa, cubierta con un mantel bordado para retrasar el desgaste; los trucos que hay que emplear para evitar la menor mota de polvo y al mismo tiempo atrapar cuantas más mejor cuando acaban por extenderse. Todo esto lo considera ella con distancia y una pizca de diversión desde la pasarela del edificio, firmemente apoyada en esa barandilla sobre el vacío, el vacío de esas existencias lejanas que siempre le serán desconocidas. Contempla el abismo. Lleva unos vaqueros desteñidos en lugar de una blusa sintética con una falda recta.

Seguramente se podría hacer algo para parodiar las imágenes de esas beatíficas mujeres, los rostros de esas célebres desconocidas que aparecen en las campañas publicitarias de sombra de ojos, productos exfoliantes, cremas hidratantes y ropa nueva para el otoño: una falda escocesa elegantemente plisada y un jersey irlandés con una boina pequeña. Se las reconoce por sus sonrisas, ligeramente forzadas; por sus poses, que evocan una idea de movimiento, como si las hubieran sorprendido inclinándose o desplazándose, sólo que está claro que ese impulso, congelado en esos planos, no puede corresponder a ninguna acción, a menos que la mujer de turno intente salir del encuadre, y ella prefiere apartarse de esas mujeres, huir de ellas, de esas mujeres mayores que ella que, por desgracia, no tuvieron más remedio que adaptarse a los deseos de su época bajo la presión de la sociedad, mientras que ella y las chicas de su generación, más jóvenes, se han liberado gracias al sacrificio de aquéllas y por fin tienen la oportunidad de seguir su propio camino. Ella es consciente de que les debe algo a todas esas mujeres en bata que no supieron ni pudieron emanciparse, que no tuvieron otras perspectivas. Probablemente ni siquiera tuvieron la oportunidad de soñar con hacerlo. Sabe a quiénes de ellas se habría parecido, pues una parte de ella misma se refleja en ese espejo. Mientras maneja todo tipo de herramientas, piensa que, de haber nacido unos años antes, ahora podría estar sujetando una batidora, una pala para servir tartas o unas tijeras para cortar el hilo de un asado.

Con ese mismo par de tijeras, comienza a hacer una serie de *collages* basados en viñetas recortadas de revistas antiguas.

Habrán de transcurrir unos años hasta que se tope con el vídeo *Semióticas de la cocina*, de Martha Rosler. Filmado en blanco y negro en una cocina, la artista nombra y presenta a la cámara, por orden alfabético, una serie de utensilios. Empieza, como es natural, con el mandil, *apron*, que se ata a la cintura antes de sacar una serie de cucharones, cuchillos y recipientes con una energía nerviosa y extrañamente demostrativa que sugiere el cuchillazo accidental que podría darse esta aprendiz de ama de casa o el sartenazo que le podría dar a alguien. Erguida e imperturbable pero con una sombra de perversión en el rostro, enumera metódicamente. Es una obra que atrapa al espectador en un espacio híbrido inspirado en la teletienda y los programas culinarios, sólo que, en lugar de una presentadora extrañamente sobreexcitada por sus fogones o su batería de cacerolas, hay una mujer que ataca de frente, que ha tomado la palabra sin tener que chocar su copa de vino con el mango de un cubierto. Gesticula con solemnidad, imita al ama de casa para perfilar precisamente la condición del ama de casa. Con seriedad, recita un vocabulario restringido a la despensa al tiempo que sus bruscos movimientos presagian un posible desliz.

El efecto listado es imparable, un valor seguro que produce cortocircuitos entre las palabras, conexiones incongruentes en esa letanía. Al descubrir estas imágenes de vídeo en blanco y negro, de contornos nebulosos, de mediados de los años setenta, ella entiende que decididamente es posible hacer vídeos en la cocina de la manera más sencilla. Colocar un trípode no requiere ningún conocimiento especial delante o detrás de los fogones y, al fin y al cabo, uno se puede conformar con el menú de la cámara.

Ha de guardar todo esto en un rincón de su conciencia, de su memoria, y recordar los gestos artísticos que la llaman. Tiene que admitir que se burlaba de esta expresión cuando en un momento dado se puso de moda; el «¿te llama?» o «me llama» se había convertido en un latiguillo y a ella le divertía tanto como las perogrulladas.

A ellos los llaman unas obras; a mí, otras; a nosotros, otras; a vosotros, otras. Algunas gritan cosas que yo no oigo. Otras, dándoselas de misteriosas, susurran y en cambio son cristalinas. Otras rebosan de guiños que hay que aprender a captar y relacionar según un juego de pistas sensible y meditado. Otras tienen un espíritu travieso y dejan caer algunos indicios para ayudar a descifrar unas fórmulas ocultas tras las apariencias. Otras quieren envolver al espectador en una nube de humo o arrojarlo en medio de un espacio vacío para hacerle sentir un nuevo tipo de vértigo. Otras juegan con su angustia, sus nervios, su inquietud, y lo incomodan. Otras, en cambio, quieren evitar a toda costa los malentendidos, les gustaría complacer a todo el mundo, abrigan la esperanza de que alguien las compre lo antes posible y sueñan con pulgares hacia arriba. Otras, valiéndose de medios costosos, hacen lo imposible por dejar boquiabierta a la gente. Están las puras, que se caracterizan por la austeridad, con poquísimos elementos, y, cuanto más baratos, mejor. Están las que, sin buscarle tres pies al gato, gustan a todo el mundo. Están las que se pueden colgar en la pared con un simple clavo. Están las obras inmateriales, concebidas para permanecer en la memoria sin rastro de haber quedado grabadas, y que dan mucho que hablar tanto porque son excepcionales como por sus precios, pagaderos sólo en metálico, por favor, mientras la galería expide un certificado de autenticidad y da unas indicaciones de viva voz. Están los eslóganes que aparecen en las tapias de una ciudad, en vallas publicitarias iluminadas, mensajes sibilinos cuya escala y lugar les confiere un aire de advertencias, de profecías paradójicas. Está esa frase, de la que ella sólo ha visto una imagen, de una instalación en medio de Nueva York, la plegaria que la artista Jenny Holzer colocó en un edificio de Times Square en 1982: PROTECT ME FROM WHAT I WANT. Quizá ver la foto de esa gigantesca súplica sea aún más impactante que si hubiera tenido la oportunidad de contemplarla de verdad. Tampoco puede saberlo. Eso es lo que prefiere decirse, porque no ha estado allí y, si hubiera pasado por el edificio, si hubiera cruzado esa calle atestada de vehículos de todo tipo, seguramente no se habría fijado de veras en la obra. Podría haber pensado que se trataba de un anuncio, pero lo más probable es que no le hubiera prestado mucha atención, ocupada en seguir una conversación, acaso levantando las cejas sin más. Muchos años después de su presencia en el espacio público, aquí aparece la reproducción de una fotografía en un catálogo que ha hojeado en una librería o en la biblioteca de la escuela, o puede que fuera una postal, sí, debe de ser eso, las inmensas letras luminosas en medio de la noche de una ciudad intensamente iluminada como si emitiera un mensaje –en la autopista habría leído: mantenga la distancia de seguridad; atención: atascos, reduzca la velocidad u obras a 2 km–, un consejo o una advertencia a la población, formulada a saber por quién, dirigida a quién sabe quién. ¿Se trataba de una plegaria dirigida a Dios, a sí misma, a otra persona? ¿Protegerla de qué, de qué daño, de qué escollo? ¿Cómo puede resultar fatal lo que se desea? ¿Es el éxito, el dinero, la tentación? ¿Los pensamientos suicidas, una mala decisión, una maldición, un oráculo? Surge una brecha entre la gigantesca escala de ese cartel y la intimidad del deseo interior. El ruego está formulado de manera que llegue al mayor número posible de personas, un pequeño anuncio ampliado al máximo, sólo que, en lugar de un mensaje práctico, un recordatorio importante que también podría emitirse por megafonía para lograr una mayor eficacia, por ejemplo, o en carteles a la altura de los peatones, se despliega de forma grandiosa ante el vacío, ante una evidente ausencia de eco y proclama su falta de utilidad inmediata mediante la opacidad de una fórmula extraña y, además, anónima. Es un cara a cara entre desconocidos. Un mandato absurdo. Y la gente que camina presurosa por la calle tiene otras cosas mejores que hacer antes que mirar hacia arriba para descifrar enigmas arbitrarios. Protégeme de aquello que me magnetiza, de enamorarme de alguien que me hará sufrir (ya me ha pasado), de empujar esa puerta giratoria tras la que un viejo secreto aguarda a que lo liberen, de tomar ese camino cubierto con las mejores intenciones del que se rumorea que la gente se tuerce el tobillo a cada paso. Protégeme de mi tendencia a desanimarme, a renunciar, a dejarme corroer por la melancolía, a encogerme de hombros y bajar los brazos. Protégeme del deseo de rendirme, de dejarme invadir por una ola de amargura, de la tentación de extraviarme. Protégeme de optar por la destrucción. Protégeme de la competición, del deseo culpable de que los demás fracasen, de la ambición que nos vuelve celosos, envidiosos redomados. Protégeme de la vida que me espera, intensa, llena de sorpresas y de imprevistos extraños. Protégeme de la alegría, de la inconsciencia, de las funestas consecuencias que tal vez haya si me precipito hacia lo desconocido, si conozco a gente, si intimo con alguien. Protégeme de las vivencias que habré de tener simple y llanamente porque hay que pasar por ellas. Protégeme de esos amores silenciosos y de esas aventuras de una noche en bares que no abren de día, de esas miradas vivaces y curiosas, de esos acelerados latidos del corazón que nos electrizan y nos sorprenden antes de que cada cual se marche y pierda al otro de vista sin por ello olvidarlo. Protégeme de los años venideros, de esa energía extenuante y de la intensidad de la juventud, de la confianza, de las noches blancas en las que todo está por descubrir, noches en las que me entregaría a explorar eriales desiertos y caminaría para no dormirme. Protégeme de las ganas de llorar, de dejarme llevar, de dejarme manejar. Protégeme de esa alegría que siento que me está vedada, al menos durante un tiempo, el que tarde en asimilar la culpa de seguir viva cuando mi madre se ha ido tan joven, tan hermosa y aún llena de futuro sin haber experimentado realmente todo lo que ahora sueño yo con conocer. Seas quien seas, ¿a qué aspiras? Lo que quiero es tan deseable y hermoso; lo que quiero también podría ser inalcanzable, y eso sería un horror; lo que quiero está asociado al espectro de la decepción, del fracaso, del arrepentimiento. No he de pensar demasiado en ello, pero sí hacerlo a diario.

Por último, está la plegaria del padre protector, justamente preocupado e indiscriminadamente angustiado: protégela de ese entorno de jóvenes, de los marginados, de los peligrosos drogadictos, de la lujuria en general, de los hombres que la rondan, de los trastornados. Protégeme, se dice ella en secreto, como un joven e inexperto papagayo, al tiempo que intenta justificar los temores, elevados a la milésima potencia, de su padre.

Protégeme de mi atracción por ese mundo ajeno al mío, para que no me absorba cuando se abra la ventana.

Habrá que hacer como el hombre del sombrero, ese que abre y cierra puertas en un pasillo blanco. Aparece en los títulos de crédito de una película que ponen en el cine. Camina a paso largo, encorvado, con un impermeable de color claro, como si intentara medir el terreno. A veces deambula por los pasillos de la escuela empujando las puertas con el fin de saber si hay alguien o algo digno de ver en las silenciosas aulas. Aquí hay un corrillo charlando y escuchando música en un sofá destrozado, alrededor de una botella vacía en la que hay una rosa reseca aún envuelta en celofán. En una mesa hay varios vasos de plástico rotos, una tacita de té de porcelana inglesa, una taza de desayuno que ha perdido su asa, platos de fantasía que se han utilizado para mezclar colores acrílicos, pinceles inservibles, rodillos en los que se ha secado la resina, estatuillas desmembradas y remendadas, intentos de hacer que la cabeza de un maniquí de poliéster encaje con las teclas de una máquina de escribir, una muñeca maquillada, jirones de revistas, juguetes infantiles y objetos punzantes, herramientas sin dueño conocido y, por tanto, expuestas a todo tipo de avidez, envoltorios de sopa deshidratada, velas consumidas, fundas de discos antiguos, alicates, hilo, cinta adhesiva, botes de pigmentos, aglutinantes y limaduras.

Allí un estudiante extrañamente absorto está pintando en tonos verdes un inmenso lienzo vertical en el que se distinguen los destellos que lanzan unos botellines de cerveza con etiquetas naranjas acariciados por un rayo de sol. Junto a la paleta hay unos cuantos ejemplares vacíos que le han servido de modelo. Está concentradísimo y parece que no le cuesta meterse en su burbuja, y eso que salta a la vista que está acostumbrado a que lo interrumpan cada vez que alguien entra y pregunta esto o aquello, lo que lo obliga a quitarse un momento un auricular, a asentir con la cabeza y cruzar brevemente unas palabras antes de volver a ponerse los cascos y retomar sus pinceles. Más allá hay una figura inclinada que dibuja con tanta meticulosidad que da la impresión de que el tiempo a su alrededor transcurre con mayor lentitud. Sobre un caballete, una tabla recubierta de papel blanco crea un espacio virgen, una zona sobria y minimalista en medio del caos circundante. Hay diversos tipos de universo que coexisten sin ni siquiera proponérselo: están los que parecen una leonera y los que caben en una caja de madera en la que los objetos están dispuestos y ordenados de forma práctica.

En el suelo, un montón de cabezas de ajo compradas en el hipermercado y sacadas de sus finas redecillas, tiradas éstas un poco más lejos. Debajo de una escalera de metal, rollos de papel apretados y un aviso del propietario trazado con una pintura goteante en una hoja pegada con cinta adhesiva a toda prisa, lienzos dados la vuelta de cara a la pared, tubos de colores casi vacíos, montones de cuadernos. Hay ciertos objetos que nadie reclama ni parece utilizar. Un día, de buenas a primeras, desaparecen. En un rincón, hay unos codales para construir contramarcos, caballetes y taburetes. Un aerosol de pintura fluorescente, barras de tinta china y su piedra de entintar, una peluca de fantasía, un maniquí de sastre, bobinas de hilo para máquinas de coser, señales de tráfico, una cantimplora cerrada con un candado cuya llave nunca se encontrará, los marcos de unos cuadros recogidos en una acera, una lámpara hecha de conchas, jarras de estaño que han aterrizado allí procedentes de no se sabe qué fonda.

Está esa estudiante siempre vestida con vivos colores y engalanada con joyas de plástico. Un abrigo verde manzana, un jersey rosa chicle, zapatos fucsia, una bufanda color anís, calcetines de rayas, un cinturón turquesa. Es un personaje que llama la atención; su presencia es como un punto de referencia. Aun sin saber cómo se llama ni a qué se dedica, basta con describirla para identificarla enseguida. Si fuera redonda o triangular, sería doña Multicolor, de la colección de libros infantiles de *Don* y *Doña*, y viviría en la ciudad de Arco Iris. Está asimismo esa silenciosa pintora de mirada profunda y cejas pobladas, ojos que ya parecen estar esbozando en secreto futuros cuadros intimistas. Un poni solo en su cercado, un rostro, un autorretrato, figuras que no saben que han quedado congeladas en el espacio cuadrado del lienzo, apareciendo al fondo en tamaño miniatura, y corresponderá al espectador decidir si su expresión es severa o neutra.

Hay un chico de pelo moreno rizado que es muy prolífico y se pasea por los pasillos con lienzos, todos del mismo tamaño, pintados con un espeso *gouache* salido directamente del tubo, invariablemente en blanco y negro, en los que se ven diversos vanos: un vacío rectangular ligeramente inclinado hacia un lado u otro, ventanas en medio del lienzo o desplazadas hacia un lateral. Los cuadros, una vez instalados, han de formar unos marcos sobre la pared con el fin de crear un efecto de serie, una disposición en el espacio. Se adivina que cada elemento, considerado de forma aislada, no está concebido para sostenerse por sí mismo. Sin duda, forma parte de un todo. El joven alumno, muy atareado, sigue su idea y encuentra en la fabricación de cada uno de los paneles un interés que sólo él conoce y unas cualidades que inevitablemente se pasan por alto al ver el resultado desde lejos. Puede que sea un rompecabezas en forma de pintura que vaya acompañado de un aparato teórico y de explicaciones esclarecedoras, pero, puesto que el chico y ella han guardado las distancias, realmente no se han dirigido la palabra ni tampoco han ido más allá de cruzarse en sus idas y venidas, por lo demás tan incomprensibles como esos paneles pintados, el misterio permanecerá intacto.

Hay un chico que se interesa por los productos domésticos o, mejor dicho, por las estilizadas siglas que figuran en las etiquetas, en los logotipos que indican peligro, riesgo de quemaduras o corrosión, una llama negra sobre un fondo naranja, copiadas una y otra vez con cuidado pero sin interpretarlas, sencillamente ampliadas. Su rincón del taller se parece a lo que hace: botellas de lejía alineadas, guantes de goma, cruces muy gráficas que tachan el símbolo de una calavera enmarcada en un rombo disuasorio. Con la incredulidad con la que se suelen relatar las cosas a toro pasado, el joven cuenta que se presentó espontáneamente a Leo Castelli, el marchante de arte neoyorquino más célebre del momento, en su estand de la Feria de Arte Contemporáneo de París. Buenos días, soy artista y aquí tiene algunas imágenes en las que puede ver mi trabajo; eso sí, en las fotos no da muy bien. En vivo es más hermoso. Le dejo mi dosier. Tras aquella entrevista a la fuerza abreviada, y seguramente algún tiempo después de darse cuenta de que no volvería a saber nada de Leo, hablaba de la escena a sabiendas de que todos lo mirarían ojipláticos y se burlarían amablemente de su ingenuidad. ¿Se habría puesto el gran galerista unos guantes para transmitir más o menos el mismo tipo de mensaje preventivo que esos cuyos símbolos aparecen en las botellas de ácido? ¿Habría echado siquiera un vistazo a las reproducciones de aquellos cuadros pintados meticulosamente? Llega un momento en que nos sentimos abochornados al recordar esos accesos de candor. La vergüenza de no haber sabido a quién dirigirnos ni cómo; la vergüenza de haber ido sin ninguna contención a hablar directamente con el presidente o la directora, con una figura muy importante sin saber de quién se trataba en realidad; la vergüenza de habernos puesto en manos de un mero comparsa que estaba allí por casualidad, de todos modos el único interlocutor disponible, confiándole la tarea de transmitir un mensaje personal y creyendo ciegamente que lo haría; la vergüenza de haber garabateado una nota ridícula que, por desgracia, quedará ahí para comprometernos hasta el fin de nuestros días; la vergüenza de no haber estado al corriente de las costumbres ni informados de que no sólo no sirve de nada, sino que es contraproducente; la vergüenza de haber estado tan obnubilados por el deseo de conocer a personas a las que admiramos y esperar neciamente una reciprocidad o, al menos, alguna reacción. Años después, se ve a las claras lo ilusorio que era atreverse a enviar una carta a tal icono del cine de autor para proponerle participar en un rodaje de producción propia en su cocina, es decir, en la nuestra. Y, sin embargo, lo hacíamos en un arrebato, un arranque de entusiasmo irrefrenable y un deseo vital, un ansia de acercarnos lo máximo a nuestros ídolos. Abordar a la conferenciante; no quitarle ojo al eminente teórico; seguir, unos metros por detrás sin pegarse demasiado, a la intimidante pareja de cineastas que se ha desplazado hasta la enorme periferia en la que se ubica la Facultad para un encuentro único, seguirlos por las calles desiertas intentando captar algunos retazos de su conversación con el profesor que los invitó y abrigar la esperanza de, si acaso, decirles unas palabras antes de que se vayan, sí, pero el qué es un poco el problema: será mejor mostrarles nuestra admiración con una mirada silenciosa cargada de implícita gratitud. Cualquier tentativa de articular una frase completa tendría muchas posibilidades de acabar en un balbuceo ininteligible. A continuación los veremos acelerar el paso envueltos en un aire fresco y, con un tono tan cordial como invariable, despedirse de todo el mundo en general antes de escapar tras una hilera de columnas revestidas de azulejos. Quizá en otra ocasión, se nos está haciendo tarde.

Una figura importante con la que te encuentras en la inauguración de una exposición te comentará que te acercaste a ella hace unos años, tras una conferencia: sí, claro, lo recuerdo muy bien. Esta escena, que hacía mucho tiempo que se había evaporado, te vuelve a la memoria tras tanto tiempo, como si dijera: le echaste bastante cara. Una noche, después de una proyección, el director de cine está justo a la salida de la sala charlando con algunas personas y una voz interior que no se rinde decide que ha llegado el momento de ir a hablar con él. Pero tienes que aguardar tu turno, una espera que dura algo más de lo previsto. Al cabo de un buen rato que, a fuerza de esperar y esperar, se te ha hecho interminable, sería una pena darte por vencido. Es mejor que no cejes en tu empeño. No te das cuenta de que, cuanto más se demora la cosa, más se harta la persona solicitada y más ganas tiene de marcharse. Cuando, por fin, el camino parece despejado para acercarte con paso sigiloso, con una sonrisa tonta que, pese a habérsete borrado de la cara, vuelve a asomar, pronuncias unas palabras convencionales y, de pronto, esa expectación que no había hecho más que aumentar desde el principio se encuentra, como es natural, con una respuesta apresurada: de acuerdo, muchas gracias; me quedo con eso.

En ese momento no te das cuenta de que a veces es tan delicado expresar admiración como recibirla. No obstante, en la más peregrina de tus visiones imaginarias, te figuras invitando a la persona a la que veneras a tomar un café, un cafetito, sí, para charlar, sin orden ni concierto, de lo divino y de lo humano, y entablar una amistad, establecer algún tipo de vínculo. Así la próxima vez podrías decir sin mentir que os conocéis.

Pero la mayoría de las veces no hubo más que una mirada, apenas, una atención fugaz con la que tuviste que conformarte y que conservas en tu memoria como una válida y preciosa señal del destino: menos da una piedra, así que puedes darte con un canto en los dientes. Eso te ha permitido formar parte de una serie de transmisiones, ser a tu vez el portador de esa antorcha olímpica que pasa de mano en mano y de generación en generación con la aguda conciencia de ser una pieza e incluso un engranaje en ese relevo abierto, de establecer cierta continuidad, en un sentido u otro, entre los tímidos principiantes que sueñan con que su segunda familia los adopte y el artista profesional que a su vez se alegra de apoyar y animar a los jóvenes, de acoger a esos recién llegados que se le parecen cuando él tenía su edad: no te preocupes, a ver, que no voy a comerte, y tutéame, por favor, que si no me creeré que soy un vejestorio. La persona que te ha dedicado un poco de su tiempo antes de retomar sus múltiples proyectos olvidará enseguida esa breve conversación, mientras que tú retendrás como oro en paño los hechos, los gestos y el lugar del encuentro.

De regreso en la Facultad, justo después de las vacaciones, se oyen rumores, cuchicheos, insinuaciones a media voz, información sobre residencias que habrá que coger con pinzas y no divulgar demasiado, sobre los dosieres que deben presentarse, sobre exposiciones colectivas cuyos participantes, por desgracia, ya han sido elegidos, pero, como la cosa no está muy clara, habrá que contrastar todos esos datos. Nadie quiere decir lo que sabe ni cómo conseguir información. Cada cual tendrá que adivinarlo por sí mismo o averiguarlo mediante deducción. Habrá que aguzar el oído mientras se finge no darle importancia, no interesarse demasiado. Se deberá estar alerta sin hablar del tema para evitar dar la impresión de que se está al acecho: no, no sé si me voy a presentar, tampoco me llama mucho y, por otro lado, no paran de llover-me propuestas.

Existe el riesgo de que nos encontremos en la difícil tesitura de competir con algunos de nuestros compañeros, de hecho, con todos ellos. Llevan un rato charlando con discreta complicidad, así que nos acercamos a ellos mostrando interés. Nuestra capacidad de deducción está alerta. Con todo, no es fácil. A veces nos enteramos tarde de las cosas. Había que presentar el dosier la semana pasada, ¿no estabas al tanto? A ver, pues claro que no estaba al tanto. Sí, claro que lo sabía, pero no pude hacer la solicitud. La palabra *expo* aparece como un «ábrete, sésamo», y algunos se preparan para participar en muestras colectivas. ¿Participas en esta expo? Se está preparando una reunión en una casa ocupada. Cada cual elige su sitio. Nadie se pone de acuerdo. Se entablan discusiones, largas y tortuosas, en una lucha por el espacio basada en afirmaciones y argumentos de más o menos buena fe, y con una toma de decisiones antidemocrática. Como en una enorme casa de vacaciones que hay que compartir con otros, una casa con varias habitaciones para elegir, todos, nada más entrar, sienten una atracción inicial, sin necesidad de ponerse de acuerdo, por las más espaciosas y soleadas. En la fábrica en desuso donde se celebrará la famosa expo que trae a todo el mundo de cabeza, quien se adelanta gana, y es bien sabido que quien parte y reparte se lleva la mejor parte. Inevitablemente, algunos se sienten agraviados, forman corrillos, van a ver a los demás y les describen el desarrollo de los acontecimientos; les cuentan que hay quienes intentan sacar la mejor tajada repartiendo sus cosas por la sala y erigiéndose en amos y señores de ella sin la menor consideración por los demás. Algunos reaccionan; otros, no. Los hay que le echan el ojo al final de un pasillo, que se las apañan con meros recovecos y prefieren oportunamente los intersticios ocultos, inexplorados. Les gusta coquetear con lo invisible, sorprender colocando unas fotos en un rincón del armario eléctrico. El boca a boca tendrá que contribuir a lo que aún no llamamos *bombazo*. Cada cual piensa primero en su propia exposición, y compartir está descartado. Es un ambiguo vaivén entre el deseo de mirar a nuestro alrededor, de preguntar a los demás sobre lo que hacen, de conversar y entrar en su mundo, así como la necesidad de dedicar nuestra energía y nuestros pensamientos a lo que más nos importa en ese momento y ocupa nuestra mente en exclusiva: la puesta en marcha de lo que empezamos a llamar pomposamente *trabajo* y la necesidad de estar concentrados, de dirigir nuestra atención principalmente a lo que hacemos sin dejar que nos distraigan. Además, la mayoría de las obras que cuelgan en esos escenarios impuestos no nos van mucho. A menudo nos son completamente ajenas. Aún no es el momento de apreciar gramáticas diferentes, opciones estéticas alejadas de las nuestras. Nos preguntamos cómo es posible que a algunas personas se les ocurran semejantes ideas y produzcan formas tan horrendas. A veces hasta nos dan repelús, alergia. La búsqueda de líneas estéticas y de investigación requiere elecciones claras, inclinaciones cristalinas. Afinar el propio lenguaje significa demarcar un espacio artístico, descartar lo que nos parece feo, malo, indigno de interés. No haremos concesiones. En esta casa que hay que dividir, reformaremos muy pronto la habitación que hemos acabado ocupando, aunque no fuera nuestra primera opción. En primer lugar, tendremos que devolver los marcos que compró el arrendatario porque eran corrientes y neutros, con la idea de que una imagen sin ningún punto de vista seguramente le convendría a todo el mundo. Pues no, precisamente eso no, suelta el veraneante esteta. Unos bambúes y unos guijarros de perfecta regularidad, una maceta de hierbas aromáticas rodeada de un lazo de color pastel o unos *croissants* dispuestos en una cesta de mimbre, todo ello potencialmente puede provocar, al menos para cierto segmento de la población, una honda ansiedad. Por eso movemos un mueble aquí, escondemos algunos objetos allí, bibelots insignificantes y, peor aún, sin ningún valor que metemos en un oscuro cajón del que tendremos que sacarlos para volver a colocarlos en su sitio, y ponemos una hoja de periódico sobre una lámpara cuya bombilla brilla demasiado. Elegir, apropiarse, eliminar.

En la escuela a menudo hay que dar una mano de pintura blanca a las paredes de las aulas, los zócalos, la suciedad que hay encima del lavabo, los grafitis, las huellas de acciones o presentaciones que tuvieron lugar en el pasado y para las que no tenemos ni imágenes ni historias esclarecedoras, meras improntas que ya no dicen nada, residuos sucios o trozos de celo. También hay una lijadora aspiradora para alisar las paredes, borrar las asperezas, los chorretones que se han quedado fijos, como fosilizados; hay que pulirlo todo con papel de lija de grano grueso y así obtener un aspecto aterciopelado que deja rastros de polvo en las manos y la ropa en cuanto nos acercamos un poco.

Es un método muy sencillo y eficaz para sentirnos un poco más a gusto en un lugar por el que ha pasado mucha gente que ha dejado sedimentos visibles pero indescifrables. Tenemos que equiparnos con una mascarilla antipolvo y una buena escalera de mano, e ir a comprar unos discos de repuesto de un magnífico amarillo mate en la sección de bricolaje de un hipermercado al que estamos empezando a cogerle el tranquillo. Tras recorrer los pasillos, en los que coexisten, en diferentes alturas, hileras de condimentos en muchos niveles distintos, y después de pasar por delante de un desbordante expositor de cristal donde, sobre un lecho de hielo picado, se presentan todas las especies de pescado cuya carne se puede consumir, nos metemos de lleno en la sección de higiene y, nos guste o no, pues hemos venido en busca de una herramienta concreta y queremos ir a tiro hecho, vemos montañas de paquetes de pañales, montones de rollos de papel absorbente envueltos en plástico, cremas y geles de baño cuyo olor nos llega, pero en verdad no son lo que estamos buscando.

Los discos amarillos para la lijadora son tan bonitos y radiantes que lo mejor sería hacernos con una docena de paquetes: serían una tarjeta de felicitación estupenda.

Cuanto más avanzamos, más superficie queda por lijar. Sólo vemos las irregularidades, los pequeños relieves que se nos enganchan a la ropa: los hay por todas partes. Creyendo que ya habíamos terminado, tenemos que volver al punto de partida. Nuestros ojos se acostumbran a la superficie blanca y aprecian mejor que la primera mano que hemos dado era en realidad una chapuza. Nos damos cuenta de que tardaremos un buen rato, mucho más de una hora larga, que estaremos empantanados el día entero. La cosa se convierte en una *performance*, en una tarea infinita. Las ganas de hacer una pausa y tomarnos un chocolate caliente de máquina en nuestra taza desechable se ven constantemente aplazadas por el deseo de seguir, de avanzar un metro más y luego otro, de progresar todo lo posible y ver por fin el final de esa obra que se ha convertido en una quimera.

Los que asoman la cabeza por la ranura de la puerta retroceden y la cierran inmediatamente. Gracias a las manchas que quienes han entrado en la sala lucen ahora en la espalda, las mangas o los hombros, no cuesta identificarlos, versión alternativa del Día de los Inocentes.

Al cabo de unos años, nos enteraríamos de que Yves Klein, en una legendaria exposición titulada

The Void, celebrada en la galería Iris Clert en 1958, había repintado totalmente de blanco las blancas paredes de aquella galería blanca para conseguir otro espacio, aún más neutro y despejado, un equivalente, según él, de una página en blanco, para poder escribir un capítulo nuevo, un capítulo inédito, para presentar en aquella ocasión un pequeño cuadro de un azul intenso cuya fuerza se multiplicaba gracias a la ausencia de cualquier otro elemento en el marco.

Hay un tipo desgreñado que se deshace de sus herramientas dejándolas caer sobre las losas de cemento cuando ha terminado de utilizarlas y se vale de materiales curiosos, sin terminar nunca del todo los objetos que monta. Está hecho de cualquier manera, le señala una profesora. ¿Acaso le gustarán las cosas mal hechas? ¿Está pensado y hecho así a propósito? No, esa desgana es más bien una pose, una desconfianza en lo bonito y lo bien acabado. Lo que reivindica es la falta de rigor, el deseo de lo inacabado. Prefiere parar antes que arriesgarse a oír lo bella que es su obra. Masculla algunas palabras y se fabrica un personaje rudo, de sonrisa irónica, con un aire fatuo y desencantado, un personaje que parece querer burlarse de todo y pasarse de listo. Tiene pinta de saber de qué va todo, de haberlo descifrado todo y de haber observado toda esa farsa a distancia. En cierto modo, antes de empezar de verdad, ha desistido para no tener que pensar en el futuro, en ese pulso entre el éxito y el fracaso. También está ese otro estudiante moreno que, con material profesional, ha rodado una película en celuloide y, para proyectarla, ha levantado un auténtico tabique en medio de una estrecha sala, un enorme tabique hecho de bloques de hormigón cubiertos de yeso. El resultado produce la perturbadora sensación de que el espacio nos aprisiona, nos confina. Los metros cuadrados se han reducido apenas un rato, pues tras la proyección habrá que desmontarlo todo. Para esta ocasión única, el chico se ha embarcado en un gran proyecto tras rodar una secuencia en 16 mm. Su semblante es serio, como si le fuera la vida en ello. Se proyecta la película. En la estrecha cabina descubrimos a un hombre que está de pie, y que en la película aparece sentado, aplaudiendo mecánicamente, dando palmas con la regularidad de un metrónomo, intentando hacer el mayor ruido posible. El sonido retumba contra las desnudas paredes y provoca una sensación de malestar y de falso espejo. El resultado es una emoción directa y opresiva. La instalación es un éxito, de inmediato lo vemos claro y, en un reflejo mimético, queremos aplaudir como si fuéramos su eco, algo que no podemos hacer porque nuestro aplauso significa algo diferente. Éste, batiendo las palmas con vigor y regularidad, nos mira de frente, directamente a la cara. Parece estar juzgándonos.

Al mismo tiempo, el muchacho alto y delgado aficionado a las zonas industriales, que por la noche sale a hacer fotos en las fábricas a lo largo de las vías férreas y se aventura en lugares prohibidos, ha traído miles de imágenes que imprime con una fotocopiadora de sobremesa para que, observando las imperfecciones y los restos de entintado, adivinemos que las impresiones las ha producido en serie una máquina de lo más básica. Ha elegido un inmenso almacén, en desuso o abandonado, para exponer docenas de sus imágenes, todas de alto contraste, utilizando bolas de pasta adhesiva blanda. La enorme superficie de lo que parecía un futuro aparcamiento es lo suficientemente grande. Ésta ahora evoca un yermo artístico, una sala de turbinas desierta donde, con un rigor mecánico, se exponen fotos en tamaño A4, todas ellas con el mismo margen grueso alrededor de la imagen, una infinita gramática de líneas, bloques brutalistas de hormigón, ventanas cuadradas de unos edificios en construcción, torres abstractas, inmuebles en plena transformación o ya abandonados. Es un riguroso alarde cuyo orden su autor puede cambiar a medida que avanza moviendo un panorama para sustituirlo por otro, un gran rompecabezas en forma de cuadrícula regular con cuadrados que al final tendrán que encontrar el lugar que se les ha asignado.

Hay chimeneas de ladrillo, contenedores, balcones idénticos, torres de oficinas vistas desde abajo que nunca se nos habría ocurrido mirar con el cuerpo inclinado hacia atrás. Un gigantesco álbum cuyas imágenes dan la impresión de estar en un tren de cercanías durante parte de la noche cazando al vuelo fugaces visiones de interiores iluminados a lo largo y ancho de barrios que se despliegan sin fin.

También está esa enérgica chica castaña cuyo proyecto consiste en una adaptación libre de *Alicia en el País de las Maravillas* sobre un fondo de incrustaciones de un verde brillante complementado con planos rodados en exteriores, principalmente en un supermercado. Vestidos de princesa y accesorios, joyas y una varita mágica de plástico se superponen a unas imágenes filmadas en la sección de pollería y carnicería, donde hay un conejo despojado de su pelaje que parece más ameno que el personaje del cuento, pues no se queja del retraso ni de las largas horas de rodaje, que parecen haber absorbido el contenido de la botella de «*drink me*». Cualquiera que sea el resultado, es un gran privilegio hacer este curso y poder observar la producción, entender un poco cómo funciona todo y aprender también algunos términos técnicos. Nadie se toma la molestia de explicarnos nada: tenemos que instruirnos por nuestra cuenta y llamar a un montón de personas que son perfectas desconocidas al tiempo que ponemos cara de conocer al dedillo todo el engranaje que conlleva.

Una noche oímos que en las galerías se hacen inauguraciones. Cierto es que ya no estamos en la época de las crinolinas y las tiaras. Aun así, la mera mención de esas inauguraciones recuerda a esos bailes de cuento de hadas de esplendor universal. Éste será el mundo real, donde pronto conoceremos a muchas personas; primero las observaremos de lejos antes de acercarnos a ellas, allí nos las presentarán; veremos quién es importante y quién no lo es, cómo van vestidos ciertos personajes; de nuevo intentaremos comprender y adivinar, enterarnos de lo que se cuece sin decir una palabra, interceptar información. Es una bañera de hidromasaje con burbujas donde podemos conocer a gente y darnos a conocer. Una gran familia reconstituida en la que sus miembros pasan de ser perfectos desconocidos a la estrella a la que todos solicitan y a la que, cómo no, cada cual conocía desde hacía mucho tiempo, mucho antes que nadie.

La gente puede ir a la deriva entre esos dos estatus, y cada uno de nosotros también podemos pasar por todas estas fases, desde el centro exacto hasta la periferia, desde el candelero hasta el anonimato, desde el pequeño trampolín hasta el gran trampolín, desde el podio de tres peldaños hasta el tobogán gigante. Será un doble juego, siempre ambiguo, en el que observaremos mientras nos observan. Las obras, que están ahí precisamente para eso, apenas atraerán nuestra mirada y tampoco canalizarán nuestra atención, pues lo que ocurre al margen, en los laterales y alrededor de ellas polariza vigorosamente nuestros sentidos y agudiza nuestra curiosidad. Es un gran ballet mecánico, con sus estrellas y sus figurantes, sus múltiples comparsas; con sus famosos ataviados con ropa de calle; con sus figuras, que nos imantan; con sus viejas leyendas, aún muy vivas; sus personalidades, visibles o aún desconocidas; sus satélites, cuyo estatus varía según la posición, siempre movediza, de los ojos que los miran.

Habrá una reunión cordial en un lugar L en el que se observará una afluencia de visitantes cuya velocidad de desplazamiento será inferior o igual al ritmo de la marcha, con un número de paradas estacionarias por determinar, posiblemente acompañadas de roces y movimientos en grupo. La progresión de los sujetos por el espacio se verá ralentizada por breves conversaciones de mayor o menor desarrollo, por el intercambio de diversas consideraciones y palabras de uso habitual interrumpidas cada dos por tres por la llegada de algún conocido –que será de igual o mayor valor que el interlocutor X, un tipo normal y corriente– cuya aparición repentina entrañará un desplazamiento rápido a lo largo de una trayectoria recta que dejará a nuestro sujeto A en el punto O. Algunos calcularán las probabilidades de futuros encuentros multiplicando el número N de personalidades, presentes o que están llegando, por la cifra obtenida según la potencia invitante, mientras que otros se concentrarán en sumar el número de besos administrados en cada encuentro, acción generalmente definida por un intercambio rápido de dos unidades por cada binomio, una en cada mejilla, en vista de que, en aras de la simplicidad, se empezará siempre por el mismo lado.

Habrá una franja entre última hora de la tarde y primera hora de la noche en la que será posible acumular desplazamientos a varias inauguraciones y multiplicar así, exponencialmente, la cantidad de encuentros y conversaciones mínimas que, por lo general, giran en torno a un tema que puede resumirse así: ¿y cuáles son tus proyectos?

Habrá una circulación fluctuante de primicias y de caras más familiares cuya recurrencia deberá advertirse. Dado el ritmo sostenido de ciertos acontecimientos a lo largo de una semana, o incluso de una sola noche, se calculará la probabilidad de toparse de nuevo con cierto número, aún por definir, de las mismas personas, sabiendo que, cuanto más se salga, más probabilidades se tendrán de tropezar con ellas a intervalos regulares. En consecuencia, la sensación de novedad menguará, como es lógico.

Se notará igualmente una disminución de las manifestaciones de entusiasmo a medida que se repita ese encuentro, sea cual sea el grado de amistad entre los individuos. El primero estará marcado por el buen humor, el segundo por unas risas encantadoras y los siguientes por una discreta inclinación de cabeza que ya no movilizará la misma energía que al principio. La disminución de esa alegría manifiesta será gradual y se podrá comprender su evolución.

Durante el ejercicio, deberéis intentar aprovechar al máximo la velada, a sabiendas de que ni podréis mirar las obras ni tener una conversación que dure más que un puñado de frases. Intentaréis no poneros en la bochornosa tesitura de ser uno de esos acoplados de turno que fingen escuchar atentamente, saber lo que pasa y tener una opinión formada. Deberéis evitar empantanaros a fuerza de quedaros plantados como pasmarotes mientras escucháis una conversación a la que nadie os ha invitado, entre completos desconocidos, mientras os preguntáis cuándo escabulliros.

Cuanto más lo penséis, menos lo haréis. Sentís que os habéis convertido en una carga porque, como la conversación se os escapa del todo, os deja indiferentes y os aburre soberanamente. Lo único que podéis hacer es dar un paso a un lado, como hace el anodino crustáceo que toma la diagonal y se va en busca de otro corrillo. No habéis de preocuparos por cortar o interrumpir las conversaciones; al contrario, deberéis acomodaros a la situación yendo sin cesar de aquí para allá, desistiendo de las descripciones prolijas y sin conocer nunca el desenlace de la historia.

La velada ha tocado a su fin. Deberéis repasarla y elaborar una especie de balance, un inventario de los conocimientos que habéis adquirido. Gracias a esto, podréis verificar que vuestro mundo y sus habitantes existen, que ahí siguen, van y vienen, que el entorno es más o menos estable. También están los nuevos, algunos de los cuales os han entregado sus tarjetas de visita, un objeto muy apreciado que se incorporará a una caja archivadora.

Vaya, si creía que nos conocíamos. Éste o no me ha reconocido o ha fingido no hacerlo. Ésta me trata con desdén. Revivís la traumática escena: estabais charlando tranquilamente con alguien a quien conocíais y esa otra persona se acercó a saludarla con la mayor efusividad, interrumpiendo bruscamente la conversación, y no sólo no se dignó disculparse ni se avergonzó, sino que ni siquiera os miró, como si fuerais transparentes.

Más os valdrá recordar ese momento más agradable en el que un amigo se os acercó y, de puro contento, se abalanzó hacia vosotros para besaros y preguntaros cómo os iba todo, sin olvidarse de contaros por encima cómo le iba a él, tan embargado por la alegría del reencuentro que hizo caso omiso de la persona con la que hablabais.

Volvéis a darle vueltas a lo mismo a pesar de vuestros esfuerzos por olvidar estos sucesos: una compradora con la que os habéis reunido varias veces, que en su día os contó multitud de detalles personales en un contexto profesional, de repente ya no os reconoce o tal vez os confunde con alguien a quien no parece ubicar mucho mejor. La amnesia se confirma y acaba borrando toda memoria de encuentros pasados hasta que acabáis siendo casi unos desconocidos.

Hay algunos y algunas a quienes veis a menudo y no sabéis nada de ellos, pero sus caras os suenan. Están asimismo los que visten de forma estudiada, como esa mujer de pelo rojo con el rostro redondo como una luna, el hombre que se las da de mundano pero a quien lo han apodado Quiero y No Puedo, una mujer de rasgos y expresión austeros que lleva vestidos de colores llamativos. También está ese hombre cortés vestido con un traje de corte perfecto y que dice que nunca recibió vuestro dosier, aunque lo enviasteis a la dirección correcta por consejo experto de un galerista. Están esos grupos alegres a los que veis con agrado y que, eufóricos por encontrarse justo donde todo está sucediendo, se entusiasman con esa efervescencia. Es una alegría toparos con gente a la que conocéis y aumentar vuestra colección de besos. Es un ir y venir incesante. Estáis como pez en el agua, pero a dos metros hay corrientes frías y os preguntáis qué hacéis aquí. Sentís que estáis de más en ese entorno hostil. Os replegáis en vosotros mismos y miráis al grupito con recelosa ironía. Los demás parecen mucho más desenvueltos, más legítimos, más justificados. Hablan con los brazos cruzados, la parte superior del cuerpo ligeramente inclinada, las cejas estiradas para conseguir un discreto efecto rompeolas y sus pupilas son teleobjetivos: crean un espacio hermético, una burbuja aislante en medio del ruido. A diferencia de otras personas, no hacen un barrido del espacio con ojos angustiados en busca de rostros amigos que les sirvan de puntos de referencia hacia los que dirigirse. Han estrechado la abertura y han levantado cortinas virtuales para evitar miradas inoportunas. Estáis a punto de daros media vuelta cuando una sonrisa os anima a no rendiros y os recuerda que al menos conocéis a alguien.

Los museos y centros de arte son lugares tranquilizadores para ella. Son como etapas en las ciudades. Atravesar la puerta y coger una entrada, recorrer las salas y mirar, descubrir la vista desde las ventanas, ver obras nuevas e intentar aprender un poco más leyendo las cartelas, ver en la vida real cuadros que hasta entonces sólo existían en reproducciones, dejarse absorber por la contemplación. El aprendizaje que recibe en la Facultad va de la mano de la experiencia directa sobre el terreno. La materialidad sorprende, magnetiza la mirada, moviliza la atención y a veces funciona a modo de eco. La resina amarillenta y frágil de esa suerte de largas salchichas de fibra de vidrio suspendidas de unos hilos y dobladas para apoyarse en el suelo le pone la piel de gallina. Podrían ser vendas, tiritas, miembros sueltos afectados por una extraña necrosis, la imagen congelada de unas criaturas invertebradas. El nombre de la artista, Eva

Hesse, le suena tan hermoso y atractivo como sus esculturas. El tejido de cientos de minúsculos segmentos de tubos translúcidos de plástico fino y flexible que recubren el interior de un cubo rígido, como hecho de cartón piedra mezclado con un material parecido al barniz, es perturbador y le trae recuerdos. ¿Buenos o malos? Esa pilosidad hirsuta, ligeramente azulada, anudada como una alfombra que le gustaría tocar sólo para ver si no está prohibido y si no se trata de ese material hospitalario que conecta las bolsas de suero a los enfermos, es la imagen congelada de una anémona de mar cúbica cuando no hay resaca.

Esas formas tienen historias, explicaciones que pueden leerse en párrafos resumidos, presentaciones que, pretendiendo dirigirse a todo el mundo, se esfuerzan por ser claras y precisas. Algunos relatos y anécdotas completan la presentación del contexto. En esa ocasión se ofrecen datos del historial de la artista, de dónde viene, ya sea su país o su entorno, cuáles son sus temas y sus técnicas. En apenas unas pocas frases, se bosqueja un retrato y se dan pistas gracias a las cuales es posible abordar con mayor conocimiento de causa lo que se está viendo, en cualquier caso, los orígenes de la artista. El efecto de síntesis puede dar la impresión de que la historia de una infancia se ha asociado directamente a la obra producida unos años después como consecuencia directa y evidente de un determinado vínculo geográfico o entorno social, un contexto opresivo o una educación privilegiada, traumas, sucesos que marcan, visiones, duelos y recuerdos que un día resurgieron y contribuyeron a dar forma a la obra presentada, la que ahora se tiene ante sí, y sugieren un nexo causal que seguramente tiene su parte de verdad.

Y ese nexo se antoja más llamativo aún en los relatos de las vidas de los artistas del llamado *art brut* o *arte marginal*, cuyas trayectorias, resumidas a partir de elementos que han llegado hasta el espectador, se leen en una cartela que hace las veces de estela, un papel deslizado en el portadocumentos que el niño huérfano lleva atado al cuello, un documento en el que se esbozan su historia y su genealogía y cuyos destinatarios serán aquellos a quienes el azar ponga en su camino. Historias de abandono, reubicaciones en familias de acogida o designadas como tales; traslados debidos tanto a la desaparición repentina de un padre o una madre como a la mudanza a la casa de un familiar que no lo quería y que carecía de sensibilidad, y más aún de fondos; un trabajo en una granja donde las burlas y las pullas de la jauría autóctona estallan porque ese niño no respeta las reglas, es mudo, es completamente distinto a los demás, está irritado, excitado, y, además, tampoco esos otros niños lo querían, pues los grupos a menudo no desean acoger a un cuerpo extraño. La única libertad inventada que esa persona habrá encontrado a lo largo de su vida está ahí, en esa vitrina, expresada en secreto y materializada en una superposición de retales ensamblados y cosidos, recosidos una y otra vez durante mucho tiempo, cuanto más mejor, una maraña de hilos finísimos que acaban convirtiéndose en materia, y no nos atrevemos a imaginar la cantidad de horas dedicadas a ese tejido manual; el tiempo empleado en su confección es un refugio visible, una evasión saludable. En otra vitrina hay un revoltijo de corchos finamente perforados, dispuestos según una lógica muy estudiada, y, en las paredes, unos trofeos de animales vigilan a los visitantes, figuras de animales híbridos y fantásticos cuyas cornudas cabezas están adornadas con triviales cerdas de escoba o con la tapa de una tetera rota en lugar de un tocado tradicional. A pesar de los encuentros desafortunados a lo largo de los caminos pedregosos y de las desoladoras dificultades cuya sucesión se descubre al leer esas vidas resumidas, esos momentos de soledad y de concentración arrebatados a los quehaceres cotidianos propiciaron el alumbramiento de esas grandes pinturas mágicas, la disposición de esos mundos en miniatura, esos dioramas hechos de moldes o tapones de cerveza colocados en la esquina de una mesa o en el fondo de un trastero, guardados en secreto debajo de una cama u ocultos bajo un hule.

Al principio, o más adelante, había un problema. Lo adivinamos, lo comprendemos, tenemos la confirmación.

Sería preciso que ella pudiera rendir homenaje a sus modelos admirados, a los que la inspiran, citarlos sin copiarlos demasiado. Tendría que ser capaz de crear una síntesis coherente entre los dibujos de Paul Klee, las *pilas* de Donald Judd, las pinturas de Georgia O'Keeffe y las alineaciones de Pierrette Bloch. Debería amalgamar de forma inédita las fotografías de Ed Ruscha, las de Bernd y Hilla Becher y los autorretratos de Claude Cahun. Ante paisajes desiertos y mínimos, la vista de una oficina vacía donde una persiana veneciana corta la luz del día en lamas y evoca las líneas aún en blanco de la página de un cuaderno, la foto de un reflejo abstracto o la estructura metálica de la arquitectura de un edificio industrial, la verdad la embarga en un arrebato, un soplo de entusiasmo y el deseo de ir en esa dirección o, mejor dicho, en aquélla o en aquella otra. La persiana de hierro de un almacén construido sobre un terreno desértico en un suburbio estadounidense está tan cargada de influencias como los retratos tomados en la calle, en un museo, en una feria o en una cola. Las regulares arquitecturas de unas yemas ampliadas y las volutas de la vegetación observadas de cerca por Karl Blossfeldt eran tan sorprendentes como las asimétricas y coloristas composiciones de Piet Mondrian, quien, por lo demás, también había empezado representando árboles y ramas antes de elegir otro tipo de formas en las que desterraría tanto cualquier color clorofílico como cualquier línea sinuosa. En el espacio de su taller, la obra de Giorgio Morandi también ejercía una fuerte atracción a causa de su infinita riqueza, constantemente renovada a partir de las mismas vasijas y cuencos de gres esmaltado de aproximadamente el mismo tamaño, frascos y recipientes, candeleros o cuencos de líneas sencillas que podían curvarse, vibrando cada vez de forma diferente bajo la compleja luz. Los amarillos cerosos y los trémulos reflejos, los azules y los beiges afines, esos blancos, con sus ricos matices imposibles de conocer, todos ellos hacían las veces de objetos de deseo, jarras de leche o postres en una vitrina cerrada, piezas de colección cuya vista calmaba y alimentaba el espíritu, al menos momentáneamente.

Y luego estaba *News from Home*, película que Chantal Akerman rodó en Nueva York a finales de los años setenta y en la que ella misma, con voz diligente, leía las cartas que su madre le había enviado desde Bruselas; su voz en *off* sonaba sobre unos planos fijos que dejaban tiempo para observar el tráfico y lo que ella veía mientras estaba a aquel lado del Atlántico: los sólidos y grafiteados vagones de hierro del metro, los andenes desiertos, los abrigados pasajeros, los nombres de las estaciones en las paredes de azulejos, las inmensas avenidas, los gigantescos edificios, aquella ciudad, tan alejada de Bélgica y de la vieja Europa. Akerman iba desgranando frases sobre el paso de los días, frases que, a pesar de su laconismo, permitían adivinar mucho, frases que no entraban en detalles y se ceñían a los hechos tangibles de la vida cotidiana, a unos acontecimientos seguramente excepcionales para una mujer que había sobrevivido a un campo de concentración, sucesos reales en una vida en la que podía salir a la calle, encontrarse con una vecina, ir al ultramarinos y escribir a su hija. Saltaba a la vista que la persona que había realizado la película era la destinataria de aquellas líneas y que, al leerlas en ese tono desde el otro lado del océano, podía crear el efecto de un espejo, mostrar que todo aquello tenía eco a pesar de la brecha generacional y de otros innumerables factores que separan a las personas. Era una resonancia en la que se vislumbraba una suerte de fatalidad, un desaliento y un amor inmenso, y algo invasivo, que insistía sin cesar, una ausencia que no podía hacer otra cosa que decirse y repetirse.

Te echo de menos, te echamos de menos. Desde la ciudad portuaria donde desembarcaron todas aquellas personas, tantos emigrantes extenuados y esperanzados, familias que habían puesto sus expectativas en el futuro tras haber abandonado a sus seres queridos, tal vez para siempre, y la tierra de sus recuerdos, una joven con una cámara, a través del montaje de imágenes y sonidos, reunió lo que la unía al mundo: el deseo de partir y de trazar su propio rumbo, impulsada por una irreprimible energía creativa, una propensión a la aventura y la fascinación de los futuros encuentros artísticos y humanos, y unos lazos profundamente arraigados en la unidad familiar y sus miembros fantasma, en una Polonia de la que eran originarios sus abuelos, unos traumas insondables y las historias que la habían precedido.

Entre la serie de lo que la joven artista considera estremecimientos estéticos, ésta sobresale. Ciertas películas, libros o exposiciones la habían impresionado, interesado. Habían contribuido a moldear y enriquecer su mirada; le habían tocado la fibra sensible desplazando, desde sus atrincheradas posiciones, algunas teclas y, al mismo tiempo, le habían proporcionado una forma de conocer las sucesivas conmociones estéticas. Encontraba cierta satisfacción en esas conmociones, en esas influencias que, al contrario de las olas, llegaban de distintas direcciones, pero cuyo efecto sí que a veces era comparable por su carácter de acometida, por ese bullir que unas veces le producía cierta excitación y le arrancaba algunos gritos penetrantes, y, otras veces, le dejaba una huella extraordinaria tras haberle sacudido el cuerpo y la conciencia. Además, de toda la vida habían existido un sinfín de expresiones que, consagradas por el uso, utilizaban esa metáfora con un efecto hiperbólico más o menos renovado. En los carteles de cine, bajo las filas de cinco o seis estrellas doradas, que vendían más que los hematomas o las cejas reventadas, había puñetazos en la cara, *uppercuts*, bofetadas inolvidables y golpes en el estómago, promesas que garantizaban que merecía la pena gastarse el dinero en ver esa película y que podía entrar en el cine con los ojos vendados.

Estaban las obras amigas y alentadoras, esas que le hechizaban la mirada y la inspiraban, que la contagiaban de buena energía, y estaban también las que calaban hondo en su corazón, la miraban a la cara y le decían cosas que sabía pero aún ignoraba.

Estaban aquellas que, si por un lado la hacían reír, por el otro le llegaban tanto al alma que tenía que lanzarse a callejear largo rato, dándoles vueltas en la cabeza una y otra vez, ensamblando en su mente las escenas, las imágenes y los diálogos, viendo el mundo desde otra perspectiva. Volvía a pensar en aquellos títulos finales de crédito sobre un fondo de arpillera, con aquellos nombres japoneses subtitulados, y en el drama que acababa de ver en la pantalla; evocaba aquella sucesión de retratos y personajes ficticios, acaso más cercanos a ella que su verdadera familia, y reflexionaba sobre los matrimonios y las partidas inexorables, sobre la vejez y el paso del tiempo, sobre el distanciamiento y las desapariciones. Por extraño que parezca, asociaba a Yasujiro Ozu con Max Linder. En aquella sala de techos altos que había en los Grands Boulevards y que llevaba el nombre del primer director francés de películas cómicas en los albores del cine mudo, sentía una honda afinidad con las imágenes de Japón proyectadas en la gigantesca pantalla; tanto el gris azulado de los espacios consagrados al estudio como las puertas correderas de madera de aquellas habitaciones interiores se parecían a su casa. No a su casa real, sino a aquella en la que querría vivir. Ésta se situaba a medio camino entre la estación de metro Bonne-Nouvelle y una pequeña aldea del archipiélago japonés, con sus chismorreos y sus hondos pesares, sus concesiones y sus deseos de felicidad para la nueva generación.

Más adelante, al terminar la Facultad, deberemos intentar salir al extranjero, recorrer un poco el mundo para ver si somos capaces de adaptarnos a otro lugar, de encontrar la energía y las ideas, de seguir adelante, de superar el hecho de llegar a un lugar nuevo sin puntos de referencia e intentar aprovecharlo al máximo. Habremos de esforzarnos por inventarnos proyectos en un contexto desconocido e inspirarnos en un entorno nuevo. Tendremos que arreglárnoslas sin hablar necesariamente el idioma y explorar la ciudad en busca de quién sabe qué, hacerlo de forma voluntaria y desorganizada, sin saber nada de antemano pero con un abanico de direcciones elegidas a conciencia para no quedarnos sin blanca e incapaces de saber qué hacer durante la estancia. Deberemos tomarnos un tiempo para deambular, callejear mucho, desandar el camino, acabar orientándonos e incluso llegar a conocer las principales arterias y las líneas de autobús. Los residentes podremos intercambiar direcciones y reunirnos con regularidad, lo bastante a menudo como para cenar juntos en el primer restaurante que hay nada más salir de la residencia, donde el personal nos saludará cada noche con mayor calidez, como a todos los grupos de jóvenes artistas laureados que, mes tras mes, llevan sucediéndose en ese mismo lugar en los últimos años, siempre una promoción nueva, alborozada y mezclada, jóvenes que se sienten pioneros porque para todos ellos ésa es su primera vez. Cuando cierre el restaurante, nos juntaremos en uno de esos talleres que sirven a la vez de alojamiento y su anfitrión o anfitriona nos recibirá con algo de música y una caja de cervezas locales, compradas en el supermercado, para darle un toque festivo al que se irán sumando tanto la luz de las velas que colocaremos en los cuellos de los botellines a medida que nos los bebamos como la goteante cera que se irá derramando por el vidrio. Encima de la mesa, llena ya de cosas, otros habrán colocado en equilibrio un familiar paquete de patatas fritas abierto y, a su alrededor, salsas de colores brillantes realzadas por aditivos cuyos crípticos nombres figuran en las etiquetas.

Este grupo, al igual que otros más adelante y en otros lugares, sólo duraría unas semanas, el tiempo necesario para superar ese período en un hogar temporal, entre la absoluta libertad confiada al futuro creador y el deber de producir algo para no defraudar, para no volver con las manos vacías después de habernos gastado el dinero de la beca únicamente en latas de cervezas locales, aunque éstas fueran para la comunidad y en las bases de la convocatoria figurara que se nos invitaba a crear vínculos y fomentar los contactos internacionales. Al final de nuestra residencia, tomaremos nota de las direcciones de los demás residentes acariciando la esperanza de exponer juntos pronto, por qué no, nunca se sabe.

Nos caíamos bien y, aunque aquellas personas no fueran ésas a las que habríamos elegido para que fueran nuestras amigas en un grupo dado, aquí estamos todos en esta foto. La joven de posición acomodada que jamás ha sentido el menor deseo de romper con el estilo de vida de sus padres y lleva, con altanería, collares de perlas y blusas de encaje, pinta fielmente paisajes existentes, mientras que ese tipo desencantado, con aire de pastor y un sentido del humor cáustico, se pasa claramente la mayor parte del tiempo emborrachándose y fumando en lugar de pensar en su rendimiento, pero desconocemos quién de ellos será más eficaz al final. Un tipo alto y moreno muestra unas imágenes de su dosier artístico en las que se ven unas esculturas recubiertas de pigmento azul noche. Una chica que suele guardar las distancias con los demás proyecta, más o menos a regañadientes, un vídeo reciente para presentarse. Las preguntas no la apasionan, pues le parece haberlas respondido un sinfín de veces. En realidad está haciéndoles un favor a los demás residentes porque éstos le han insistido y son los únicos que aún no la conocen. Todo el mundo se comunica en un inglés rudimentario, pero a todas luces algunos de ellos tienen nivel de sobra para traspasar las fronteras muy pronto.

Por lo demás, tras la exposición colectiva, que seguramente carecerá de toda unidad, ya que cada uno produce a su manera y desde su lugar –no se trata de una colaboración ni de hacer algo juntos–, se concederá un premio a la mejor propuesta de todas. Nadie piensa en el premio porque, de todas formas, da igual, ya que el trabajo de cada uno será el más interesante y el más logrado según una infinidad de puntos de vista personales, y, si es otro quien gana y se lleva el trofeo caligrafiado en ese apergaminado papel atado con una cinta granate, eso demostrará una vez más que el premio es un despropósito. No debemos dar por sentado que lo ganaremos, pero está claro que nos desilusionará si no nos lo conceden. Delante de los demás, todos afirmamos que ese laurel tiene poco sentido y carece de valor real, algo que incluso años después ninguno nos tragamos del todo. Y la trayectoria continuará, con caras nuevas y recién llegados, recuerdos que surgen de repente de un pasado más o menos lejano. Mira, es cierto, Fulanito.

Durante un tiempo, será evidente que, cuando en las inauguraciones de exposiciones veamos a esos compañeros y nos acerquemos a ellos para ver cómo les van las cosas, nuestras preguntas serán en realidad una prueba para evaluar en qué punto están y qué hacen, saber si también tienen otros proyectos. ¿Tienes algún proyecto entre manos? Pues claro, tengo varios. Tener algo que poder contestar salva la velada, porque es necesario tener algo de lo que hablar antes de darle la vuelta a la pregunta. Esto consigue que el proyecto empiece a existir ya un poco. Vaya, qué interesante. Yo diría que es genial. No nos decepciona haber hablado de nuestros planes, aunque sería más prudente no adelantar acontecimientos. Si el proyecto no saliera adelante, ¿qué imagen daríamos? Tendríamos que pasarnos las horas justificándonos y repetir montones de veces por qué al final lo abandonamos.

Después de obtener nuestro diploma, que es la última etapa, debemos ser conscientes al presentarlo de que no servirá de mucho, admitámoslo, al menos no para que el arte sea nuestra principal actividad a tiempo completo, y muchas personas ya tienen otros planes. Además de un alojamiento, algunos necesitan un espacio de trabajo y quieren compartirlo. Se comenta que hay lugares que no son muy caros, como ese antiguo edificio industrial que en su día fuera una fábrica, una imprenta o un taller de montaje, con sus vigas carcomidas y esa cristalera de época que deja que se cuelen tanto la luz como el frío glacial. Una compañía de teatro utiliza parte de la sala para sus ensayos y subarrienda los demás espacios a jóvenes artistas plásticos, que así disponen de varios metros cuadrados para ponerse manos a la obra. Las paredes son blancas y las salas están completamente desnudas. Colocar un tablón y dos caballetes es una forma de empezar a marcar nuestro territorio. Es provisional y ese sitio no nos ayuda a estar a nuestras anchas ni a dejar nuestras cosas o nuestros materiales por ahí en medio, ya que hay gente que pasa constantemente y que guarda allí la utilería o los decorados. Mientras intentamos acudir con regularidad para pensar y planificar nuestras obras futuras frente a unos rieles, totalmente vacíos, para colgar cuadros y, de paso, alimentar nuestro amor por el minimalismo y las formas útiles, descubrimos en medio de la sala –en realidad no es que esté justo en el centro, pero es lo único que se ve– un horroroso velador rústico coronado por una lámpara rota con una pantalla adornada con pequeños pompones de la que algún gato del barrio parece haberse servido para rascarse. Por lo demás, no es fácil concentrarse, pues los ensayos son cada vez más frecuentes y las voces de los actores suenan como si estuviéramos oyendo a los vecinos discutir sin parar, unos vecinos enfadados y dados al melodrama que, por desgracia, montan numeritos cada dos por tres. Un día nos sorprendemos, para mal, al ver el taller invadido por un estrado formado por varias piezas apiladas que impiden montarlo como es debido. Salta a la vista que no podremos abstraernos de esas gradas, las cuales forman una especie de escalera que ocupa una gran parte de la sala, mientras que el suelo de la parte restante está levantado por culpa de la instalación del futuro escenario. Los objetos personales han quedado relegados más allá, a un lado. Y son lentejas. Comprendemos, como es natural, que no era cuestión de dejar escapar semejante ganga, ese enorme estrado de madera maciza que alguno de ellos había encontrado por ahí y que estaba casi nuevo, pues era fácil de desmontar y volver a montar, sin defectos aparentes y sólido como una roca, y, cuando el director de la compañía dijo que venga, que lo quería, hubo que facilitar una dirección para la entrega y guardarlo en algún sitio a la espera de que un buen día se hiciera alguna obra en la sala.

Más adelante, en unos antiguos locales comerciales, todavía divididos por mamparas de cristal, hubo un incendio en plena noche, cuando había un montón de material, fotos, *collages* e incluso un joven sintecho que vivía allí y al que, afortunadamente, despertaron a tiempo.

Cuando ella viaje al extranjero en los llamados *programas de residencia*, tras haber reunido, antes de partir, montones de contactos y tras haber garabateado los nombres de algunos amigos de sus amigos que viven allí, los llamará con toda naturalidad y movida por la curiosidad, les dejará mensajes y se presentará diciendo que tienen conocidos comunes y señalando que sólo estará por allí unos meses, por si les apetece quedar para tomar algo. Así fue como recorrió las calles de la periferia más alejada, las líneas de metro, de tren y de tranvía, y esos cruces, que no son fáciles de ubicar a primera vista a pesar de las indicaciones precisas para encontrarlos, y así fue como se produjeron algunos encuentros sin propósito aparente para tomar una taza de té y un trozo de tarta, encuentros que eran más una visita de cortesía en la que cada uno se esforzaba por alargar una conversación que estaba a punto de extinguirse al final de cada sílaba, delgada vela que tiembla en medio de una corriente de aire, y cálidos y efervescentes encuentros en los que nadie promete volver a verse pronto, pero, puesto que el azar hará de las suyas a la primera de cambio, se prolongarán en unos bares que parecen frecuentar esos amigos de amigos, a quienes les trae sin cuidado de dónde viene y de parte de quién. Será así como cada vez ella se llevará consigo consejos y direcciones, edificios que ver, arquitectura famosa que identificar entre dos construcciones normalitas, nombres garabateados en un viejo papel para poder ponerse en contacto con algunos lugareños, completos desconocidos que a veces le abrirán de par en par las puertas de sus hermosas casas con amabilidad y una rara naturalidad por el mero hecho de que viene recomendada. Caminar con paso decidido hacia lo desacostumbrado, con un par de direcciones en el bolsillo, la hará sentirse como una impostora o una suerte de espía, como si llegara a una tierra conquistada cuando en realidad se conforma con conocer al conocido de un conocido. Tampoco es que ella aspirara a tanto cuando, uno tras otro, aquellos distinguidos poetas y escritores empezaron a llegar a una reunión amistosa en un espléndido piso. Por si fuera poco, en aquel entonces todos aquellos nombres ni siquiera le sonaban. En cualquier caso, seguro que después, para hacer honor a aquella cálida acogida, tuvo que ponerse al día yendo a ver sus exposiciones y leyendo sus libros.

Al ver en un folleto, en el que se indicaban algunos lugares de interés de una ciudad antiguamente industrial y ahora devastada, la foto de una tela de algodón estampado acompañada de una dirección postal, se decidió a ir a verla en persona, con la idea de que a lo mejor podría comprar algunas muestras o, por qué no, unos metros de tela, para adornar ese decrépito y anticuado piso en una primera planta que compartiría con dos recién llegados a quienes aún desconocía.

Así fue como recorrió a pie distancias desproporcionadamente largas, pasó por un nudo de autopistas y llegó a unas remotas zonas de producción y almacenamiento en las que se sucedían naves mastodónticas que seguramente se preguntarían, si pudieran pensar, qué había venido a hacer en medio de la nada aquella persona, a todas luces perdida pero aferrada con obstinada determinación a las indicaciones que le habían dado, aquella joven que, pasara lo que pasara, después de llevar toda la santa mañana dando vueltas en busca de una dirección, no pensaba desandar lo andado: no tenía más remedio que llegar hasta el final. ¿Qué hace aquí esa persona? Lo más seguro es que eso fuera exactamente lo que se preguntaba el empleado con mono de trabajo que finalmente le salió al paso en la fábrica de estampación textil, cuya entrada ella encontró al fin tras recorrer un largo recinto de chapa sin una sola ventana, y decidió, para no dejarla marchar con las manos vacías, envolverle unos retales en un grueso papel de estraza. Así fue como la historia de un trozo de cortina, estampada, eso sí, con un motivo de lo más original, llegó a ser mucho más inesperada que ir a una tienda, dudar, recibir consejos, elegir, pagar.

Lejos de casa y del entorno familiar, enseguida hay que inventarse unos objetivos y elaborar un calendario para dar sentido a ese deseado desplazamiento y descubrir las ventajas de alejarse de la rutina habitual durante un tiempo. ¿Se pueden transportar por ahí los intereses y las obsesiones? ¿Tiene sentido llevárselos consigo? ¿No sería mejor aprovechar la oportunidad de dejarlos atrás y pasar a otra cosa? ¿Y qué debe hacerse con las pocas ideas que vienen una y otra vez a la cabeza, ideas que, aun pidiendo que se las piense y se las reconsidere, siguen sin hallar su terreno, un camino imposible de encontrar? Pareciera que esas dos o tres pistas que siempre están ahí, esas ideas posibles, son asociaciones o grupos federados que se reúnen de nuevo cada semana y vuelven a aparecer con un portafolio, tan fino como siempre, para hacer una pequeña puntualización: muy bien, fijemos una reunión de principios en torno a la gran mesa para saber dónde estamos. Pero el cerebro que las formó sigue sin poder acogerlas como le gustaría ni llevarlas a buen puerto. Lo siento, en este momento no tenemos nada que encaje con tu perfil. Te invito a volver más adelante. No obstante, la cabeza hace lo que puede y, como una lavadora, da vueltas a esos elementos, a esos temas y a esos deseos, intentando encontrar de veras una continuación probable a fuerza de pensar en ellos. Con todo, esas intuiciones, apenas esbozadas por muy insistentes y deliberadas que sean, no consiguen desarrollarse. Permanecen en un umbral eterno, en un exasperante estado de espera, contando con que, gracias al tiempo o el azar, la Providencia, el cielo o una feliz coincidencia, lleguen a cristalizar algún día.

A medida que se despliega esa trayectoria, jalonada de etapas unas veces constructivas y otras de estrepitoso fracaso, la artista comprende de manera palmaria que ella misma volverá a encontrarse en la vacilante tesitura propia de esas ideas que aún no son sino meras semillas sin germinar. Todavía no, inténtalo más adelante. Tu propuesta, interesantísima, nos ha cautivado, pero recibimos tantas que ha sido complicado, y al final decidimos optar por otros proyectos. Tus compañeros respondieron brillantemente al tema, al enunciado del encargo. Nos gustaría ofrecerte un presupuesto considerable e invitarte a que te unas a nosotros. Estaremos encantados de invitarte a una exposición y a una serie de encuentros con el público, si te gusta esta proposición. El truco está en lograr un equilibrio entre aquellas respuestas en que la solicitan y aquellas en que la desaniman, igualar unas y otras.

Agazapada en un recoveco, acecha la amargura, un genio maligno que se nutre de respuestas negativas y rechazos repetidos. Exactamente lo contrario que un entrenador deportivo que electriza y apoya a sus jugadores animándolos a grito pelado durante todo el partido, la amargura busca la siguiente desilusión para acercarse subrepticiamente y susurrar sus desmoralizadoras palabras, sugiriendo, con tono hipócrita, unas conclusiones definitivas. Ya va siendo hora de que te plantees dejarlo, le gusta repetir con una lengua cada vez más viperina y del modo más convincente. Nunca es mal momento. La vocecita reanuda su cantinela habitual con el efecto inmediato de disminuir su capacidad mental, motivada como una vendedora que trabaja a comisión, tratando de dar una buena impresión conforme a sus criterios, que la joven artista no comparte, almibarada y taimada, esperando que la desgracia sobrevenga a unos para irse a desgraciar a otros. Prácticamente está dispuesta a animarla a que desembuche y les diga a algunos lo que piensa de verdad, porque en cierto modo, según la voz, pronto no tendrá nada que perder. Desde hace algún tiempo, durante el cual se han ido gestando y marinando ciertos pensamientos, cada dos por tres la artista se siente tentada de seguir los consejos de esa voz y decirles por fin a las personas que, en su opinión, se han portado mal con ella aquello que, de un tiempo a esta parte, viene pesándole en el corazón y encogiéndole el estómago. Se imagina escribiendo un mensaje indignado al director de una institución que no volvió a dar señales de vida tras cancelar, la víspera, una cita que él mismo había solicitado; a la persona que la reprendió severamente por hacer un vídeo con la mitad del presupuesto previsto, argumentando que había inflado deshonestamente el coste total cuando en verdad podía arreglárselas con menos dinero; a aquella vieja amiga que un día le dijo que ya no le dirigiría la palabra, pero sin darle, perverso refinamiento, ninguna explicación; a la mujer que canceló su invitación, anunciada hacía tiempo, quitándose el muerto de encima y cargándoselo a una colega por lo visto bastante volátil; al director de un festival que, al final, nunca le envió la modesta parte de la recaudación prometida, debido seguramente a un lapsus de memoria. No, bien pensado, mejor habría sido no decir nada de todo eso; de hecho, eso es lo que el director de aquella fundación privada le había dejado bien claro gritando por teléfono, él, que no había visto cosa igual en su vida, que no salía de su asombro al ver su desfachatez: haberse adaptado a los recursos disponibles y, aun así, haber rodado la película con menor ayuda financiera y en menos tiempo. La gente habla, ya lo sabes. Esto se volverá en tu contra.

Entonces la voz agria se alejaba hasta la siguiente ocasión, y otra voz, una que la artista prefería, más cálida y tranquilizadora, volvía a llamarla de diferentes maneras: bien con un entusiasmo desbordante; bien con la serena cautela de los propios establecimientos públicos, obligados a reunir la documentación necesaria para obtener financiación; bien con una franqueza turbadora, o bien con una cortesía neutra. Esa voz la invitaba a que concibiera un proyecto a medida y la gente esperaba de la joven artista una contribución.

Esto la ponía en una situación tensa, con una promesa contractual en virtud de la cual debía responder a unas exigencias que parecían altas, quizá demasiado altas para lo que estaba en condiciones de ofrecer. Después de unos cuantos ataques de pánico, tenía que reconocer que a menudo era en ese estado de angustia por miedo a un malentendido, pero atada de pies y manos por un acuerdo debidamente firmado y acompañado de un plan que había que proyectar teniendo en cuenta el plazo, cuando las ideas y la energía acababan apareciendo, sin prisa por lo demás, a paso vacilante e indolente, como si jugaran abiertamente con su estado de estrés. Era evidente que, sin el impulso de esos estímulos, algunas de sus obras nunca habrían visto la luz. Había sucedido lo mismo en la Facultad: si hubiera habido que esperar a que los alumnos crearan obras sin más, al final éstos nunca habrían evolucionado de aquella manera ni habrían hecho piezas acompañadas de un discurso elaborado.

Puesto que el contexto exigía la aparición de nuevos lenguajes inventados cada día, esos lenguajes surgían, se construían y cobraban forma. En el horizonte gravitaba la obtención de cierto beneplácito, informal pero beneplácito al fin y al cabo, a pesar del ambiente distendido de aquellas reuniones que consistían en una visita a una u otra parte del edificio, normalmente designada por una letra y un número, y que nadie sabía nunca dónde estaba aun después de llevar años entre las paredes de aquella venerable institución. Tenía que contentarse con una mirada aprobadora y unas breves observaciones que la obligaban a presentar sus nuevas creaciones y a responder a preguntas que la desconcertaban, pues creía que todo estaba tan claro como la luz del día.

Cuando se enuncia un ejercicio, hay que devanarse los sesos y ponerse manos a la obra. Es un enigma y cada cual ha de encontrar su propia solución. Un día, un profesor de escultura propuso que el tema fuera un cajón. Un cajón de mercado, una caja para transportar verduras. De inmediato algunos se ponen a romper unos frágiles palos de abedul para hacer pilas o montones. La joven artista alinea grapas retorcidas, obtenidas doblando y desmontando cuidadosamente el objeto para no romper las láminas, y las pega como si fueran los signos tipográficos de un alfabeto antiguo. Esas escrituras indescifrables en alambre doblado constituyen el punto de partida de una serie.

¿Qué se puede hacer con una caja de cartón para mudanzas o con una de zapatos? Las decisiones tenían que tomarse a toda velocidad, de manera intuitiva, sin hacerse demasiadas preguntas. Preferentemente ella solía elegir un objeto familiar sin valor comercial, algo que, a la larga, era bastante radical, mucho más que las incursiones en la tienda de pinturas y materiales de dibujo. Aquella tienda que había frente al muelle ejercía una fascinación irresistible. En las viejas estanterías de madera oscura, todo tipo de papeles esperaban a que alguien los comprara y los utilizara; sí, pero ¿cómo? Eran blancos y tenían los bordes amarillentos, curvados y agrietados por los muchos dedos sucios que los habían palpado y acariciado para apreciar su textura y su grosor. Como es natural, nadie quería de veras comprarlos; aquellas enormes hojas, que aun siendo nuevas ya estaban estropeadas, probablemente acabarían saldadas y tiradas a la basura, una verdadera lástima. Pero debajo de ellas había una inmensa reserva, réplicas más o menos intactas que pronto serían enrolladas con uno de sus homólogos menos refinados, papel *kraft* o cristal, para servir de soporte de Dios sabe qué experimento pictórico, y seguramente tampoco lo sabría a ciencia cierta la persona que trazara líneas o aplicara pintura sobre ellas. Lo que en realidad le hacía querer dedicarse a la pintura de una vez por todas, y así por fin poder responder afirmativamente a los amigos de su padre, que, siempre circunspectos, le preguntaban si pintaba y con qué técnica, eran los tubos de metal plateado que aún estaban sin empezar, con una forma perfecta y unas etiquetas monocromas tan elegantes que le daban ganas de chupar el tubo de tierra de Siena o el de amarillo dorado como si fuera uno de leche condensada. Todos los colores le hacían guiños. Había tanto donde elegir, tantas posibilidades, tantos sacrificios que hacer entre el bermellón, el ultramarino, el verde liquen, el blanco, el negro marfil y el azul de Prusia, que se perdía antes siquiera de empezar. Pero el precio de aquellos magníficos materiales la obligaba a hacer una selección, a saber de antemano qué colores utilizaría para no equivocarse, para no comprar unos que después no emplearía. Pero ¿para hacer qué? De hecho, era evidente que, a pesar de la atracción, había algo demasiado noble, demasiado digno y caro en todos aquellos lujosos pigmentos envasados en cajas con inscripciones tradicionales y arabescos ingleses, y en aquellos pinceles lacados de los que la menor de sus cerdas valía su peso en oro. Por otro lado, en unos estantes especiales ligeramente inclinados, dispuestos en gradaciones de tonos, estaban los pasteles secos, polvorientos concentrados de posibilidades con un fuerte poder de seducción, aún más versados en el arte de hacerla dudar cuando intentaba decidir cuál se llevaría, pues estaban expuestos por grupos de colores, unos al lado de los otros, y seguros de su efecto, desplegando un fastuoso abanico de matices, cada uno en su pequeño sarcófago, cuyo revestimiento se había coloreado debido a la fricción y estaba recubierto de un poco de polvo, aquellos pasteles irradiaban esplendor y aura. El mero hecho de cogerlos para considerar un momento la posibilidad de comprarlos bastaba para que sintiera vértigo, el cual no pasaba de ahí, pues en las raras ocasiones en que se había permitido comprar unos cuantos tras haber cedido a la tentación, tuvo la sensación de no estar a la altura, de que no había hecho más que pintarrajear mezclando todas aquellas profundas tonalidades para probarlas todas al mismo tiempo, pero el resultado, algo mediocre, había sido decepcionante y al final se decía que sería mejor ponerlos en una estantería y limitarse a mirarlos. A veces volvía a empezar con un cuaderno de bocetos de excelente calidad, en ese caso también tras no pocas vacilaciones debido a la amplia selección que se le ofrecía, y llenaba las páginas con dibujos hechos al vuelo en el metro o en la calle, en el zoo, dondequiera que pudiera sentarse un buen rato para observar a la gente, los tejados, los animales, y dedicarse únicamente a prestarles una atención meticulosa. Solía ser inusual que los curiosos se asomaran a su hombro y lanzaran un comentario sabio apreciando el parecido entre el presunto sujeto y su representación, haciendo observaciones o incluso dándole acertados consejos emitidos con una voz estentórea. Era raro que aquellas intervenciones dieran lugar a algo remotamente fructífero o interesante de veras. En general, tenía que soportar preguntas que, pese a estar formuladas con la idea de crear un vínculo, no revelaban nada fundamentalmente nuevo sobre la situación. Entonces, ¿dibujas?, ¿te dedicas al dibujo? O de un modo más exasperante, si cabe: ¿qué estás dibujando?

En aquel templo de suministros también había una balda de madera desgastada en la que se exponían pasteles al óleo apilados en una disposición claramente ofensivo-agresiva, brillantes e insolentes puntas de proyectiles dispuestas a fundirse por una buena causa, orientadas abiertamente a la clientela como si fueran unos pintalabios rojos liberados de su capuchón. Allí estaban, aún más provocativos que sus cómplices, los pasteles secos, objetos de codicia engreídos y radiantes, ardiendo en deseos de esparcir sus estelas de color por múltiples pruebas antes de elegirlos, un garabato aquí, un pintarrajo allá, sobre un papel cuadriculado antes virgen pero ya no, desde que los clientes habían dejado su huella en él. Casi se trataba de elegir un bando entre el pudoroso centelleo de los pasteles secos y la franqueza autoritaria de los pasteles al óleo. Pero una sabia prudencia guiada, cómo no, por el aspecto presupuestario venía a decir que no era urgente gastarse los ahorros comprando aquellas golosinas de colores de ensueño, pues el camino estaba sin duda en otra parte, y habría que encontrarlo mediante una reflexión que implicaría darle vueltas tantas veces como fuera necesario a una lista de elementos diversos, un clasificador con páginas sin numerar que agrupaba texturas, un muestrario de gustos, de obsesiones heterogéneas y de esas eternas ideas esbozadas que volvían al trote una vez más, y también, de un modo más prosaico, lo que al final la artista se llevaba bajo el brazo, pues más adelante siempre podría pensar que eso era lo que ella había elegido. Se había dado cuenta de que su planteamiento no era puramente impulsivo, sino que era algo meditado, sopesado y conceptual, una planificación mental del gesto por venir que sólo se expresaría cuando el fondo hubiera abordado la ecuación de la forma y vislumbrado su imagen fija, su fugaz ilusión, necesariamente alejada del resultado, pues debería renunciar a una ruta trazada a vuelo de pájaro y dar numerosos rodeos y giros que ralentizarían enormemente las cosas, pero que, en última instancia, le permitirían ascender el glaciar según el principio probado mediante el que se trazan los caminos que discurren por un terreno inclinado.

En internet, un álbum de fotos y, en la pantalla, una familia de noctámbulos cuyos miembros pasan la mayor parte del tiempo de fiesta, siempre vestidos de punta en blanco. Una comunidad de bebedores siempre frescos, siempre dispuestos a brillar al caer la noche, a ir a tomar una copita para enterarse de las novedades. Habituales, asiduos, los *happy few* que suelen reunirse con la fluctuante y azarosa regularidad de unos acontecimientos que nunca terminan de sucederse y que a veces se solapan.

Es un equipo de candidatos a los baños de multitudes, los temblores, los remolinos, las corrientes, un círculo de entusiastas de esas inauguraciones en las que fluyen las noticias, las primicias de los proyectos, las historias de éxito, los nuevos nombres que hay que recordar; los relatos del auge, del apogeo, del declive; las historias de regresos tardíos, del redescubrimiento de un artista anciano que nunca había dejado de crear obras y que, afortunadamente, nunca había dejado de creer en ellas; historias de famas disparadas, de producciones descomunales, de recursos escasos, de innovaciones formales y excesos totales. Entre las páginas de ese álbum no hay ni juegos de playa, ni grandes tartas de consistencia calcárea cubiertas de velas, ni exteriores, ni paisajes. Ni bodas, ni bebés tumbados bocabajo sobre un cojín.

Todas esas fotos tienen un falso aire corriente; se parecen mucho. En ellas se ve a personas en grupos, en racimos, rara vez solas, casi siempre de dos en dos, de tres en tres, de cuatro en cuatro o de cinco en cinco, a veces de seis en seis, alineadas frente al objetivo, a plena luz, la mayoría de las veces relajadas. A menudo están tomando una copa. ¿Se ríen porque van borrachos como cubas o porque simplemente están contentos? ¿Se ríen porque están contentos por ir borrachos como cubas?, ¿o porque ir borrachos como cubas los ayuda un poco cuando la gente llega?, ¿o porque se ha fijado en ellos el fotógrafo, quien, como habréis adivinado, los ha reconocido?

Se ríen porque los reconocen. Los han identificado. Tienen un lugar en este pequeño mundo, en este hermoso mundo. Ya estaban contentos, y ahora más, pues saben que no los dejarán irse sin antes hacerles una foto. Aparte de ser conscientes de que los han reconocido, gastan bromas. Oír una broma en el momento en que el fotógrafo que se ha fijado en ellos se detiene para fotografiarlos los alegra aún más y desata sonrisas, sonrisas francas, seductoras, agradables, espontáneas; sonrisas interiores, medias sonrisas ambiguas; sonrisas triunfantes, deslumbrantes, satisfechas. También hacen unos cuantos gestos sin sonreír para no parecer que han caído en la trampa de la vanidad. Algunos, preocupados por su imagen o por destacar entre la multitud, o porque no quieren que los tomen por unos frívolos, prefieren mostrar un rostro impasible en medio de aquellas caras radiantes. Son una especie aparte. Parecen descontentos, pero lo suyo no es más que una pose. En cualquier caso, se alegran de que la gente se fije en ellos.

Está el hombre del sombrerito; la mujer alta y rubia que siempre viste elegantísima y que muestra una sonrisa cálida; el apuesto sesentón en zapatillas de deporte; el financiero bronceado con la frente fruncida a causa de su abrumadora responsabilidad; el joven artista tímido pero decidido que mira fijamente a cámara con un deseo ligeramente visible de seducir; la coleccionista no tan joven vestida con ropa excéntrica; el exhausto cincuentón que cada vez se esfuerza menos y sin embargo nunca se pierde una; la gran galerista con gafas oscuras; la del pañuelo perfecto; la que lleva siempre un collar escultural; el chaval bajito algo amargado; la diseñadora alocada que conoce a todo el mundo; los amigos que se abrazan y se dan dos besos; el funcionario de dientes largos; la jovencita amable de ojos oscuros de la que uno se pregunta para qué ha venido; la artista a punto de despegar que se queda apartada porque es tímida; el doble de un actor (por cierto ¿cómo se llama?) con gafas de carey; la morena seria que hace lo que tiene que hacer; la brillante y joven secretaria general; el pertinaz hombre que se las da de mundano pero es un quiero y no puedo; la actriz que parece más fornida porque va embutida en un estrecho vestido de seda; el heredero discreto que siempre está bien rodeado; el hombre ambicioso al que todos critican y envidian; la impecable musa que estrena ropa en cada ocasión; la comisaria ojerosa que sale por las noches demasiado; la mujer cuyo pintalabios es siempre del mismo tono de rojo; el grupo de jóvenes nominados para un premio aún no anunciado, entusiastas y unidos por el momento; la mujer de labios finos que se estira los pómulos; el tipo de cierta edad que sigue la moda pero aún lleva tupé; la estrambótica criatura de pelo bicolor cuyo peinado desafía la gravedad.

Está el hombre del traje gris perla y el rostro demacrado; están los incondicionales del gran diseñador japonés cuyos vestidos plisados convierten las siluetas redondeadas en una maraña de afiladas aristas; está la mujer jovial que apenas insinúa una sonrisa, no vaya a ser que se le acerquen muchas personas; están los que se protegen porque tienen poder y la gente revolotea a su alrededor; está la joven artista premiada a quien le molesta que, como quien no quiere la cosa, sus colegas le hayan dado la espalda; está el joven director con traje entallado; el hombre con pupilas de gato; la admirada pionera que es tan frágil como una ramita; el vividor amante de la velocidad y de fumar puros lentamente; los que miran a la cámara de frente y aquellos cuya mirada va de un sitio a otro. Están asimismo los que hacen como los figurantes: no prestan atención y siguen con normalidad sus conversaciones.

Están las conversaciones. Las que se aconseja tener y las que es mejor que no se tengan. Por un lado, están las que sugieren que somos personas solicitadas, que se han fijado en nosotros, que nuestro nombre circula de boca en boca, que apoyan nuestros proyectos, que nos invitan aquí y allá, y que el círculo cada vez se agranda más. Por otro lado, están las que revelan nuestras dificultades, evocan sinsabores y decepciones, todos esos malditos problemas que nadie quiere oír, ni siquiera en una breve charla regada con un zumo de frutas con alcohol en medio de todo ese movimiento, pues eso podría gafar a todo el mundo o recordar a la gente que esas cosas existen. Es un hecho comprobado: hablar de nuestros problemas o dificultades en asuntos cotidianos, ya sea por un motivo u otro, tiene automáticamente el efecto de violentar al grupo y enrarecerlo. La gente hasta puede llegar a enfadarse con quienes se desahogan de esa manera. Además de estar aislados, esperan un poco de compasión o tal vez de ayuda. En casos así, habría sido mejor quedarse en casa en vez de mezclarse con esa centelleante multitud, con esa afluencia de individuos que, al contrario que ellos, tienen algunos logros recientes de los que hablar y la perpetua esperanza de conseguir nuevos contactos. Hay quienes, sabiamente, prefieren quedarse en casa porque, al no tener nada excepcional que contar, no sacan nada bueno de tales encuentros. Están los que salen todas las noches y, como resultado, no deben de trabajar mucho, y están aquellos de sonrisas triunfantes que se colocan al lado de un grupo de amigos igualmente radiantes.

Están esas frases susurradas discretamente para averiguar quién es esa persona que se ha pasado casi tres horas al lado del tipo del bigote o de la chica del pelo ondulado, la que hablaba con una señora que llevaba una chaqueta ciruela.

Luego, a medida que pasaban los años, más oíamos o decíamos que cada vez costaba más reconocer a la gente, algo bastante embarazoso, pues era imposible recordar cada uno de aquellos nombres y aquellas caras, y todos nos poníamos a hacer memoria y relatábamos, no sin cierto orgullo, una situación en la que, cuando alguien que parecía conocernos muy bien y apreciarnos nos había saludado calurosamente, habíamos intentado hábilmente seguir una pista que debía aclararse a medida que avanzaba la conversación para encontrar, a partir de respuestas a preguntas generales, indicios suficientes gracias a los cuales descubriríamos finalmente quién era esa persona. El fenómeno estaba muy extendido y presentaba la ventaja de reducir el índice de humillaciones, ya que, tarde o temprano, todo el mundo podía encontrarse con aquel desconocido y viceversa. Estaban aquellos con quienes ya no nos apetecía cruzarnos y aquellos cuya mirada nos habría gustado atrapar y que sin embargo se las ingeniaban para no vernos.

Estaban los gestos algo ridículos, las sonrisas forzadas como de estatua y las manos que se agitaban como limpiaparabrisas para conseguir una reacción. Había cambios en las relaciones, como cuando un conocido había ascendido en el escalafón y tenía un puesto importante: a veces se notaba un distanciamiento levísimo pero definitivo. Al principio ella creía que había entendido o interpretado mal, pero era patente que las expresiones de simpatía habían cambiado de forma: eran más discretas y se dirigían desde una posición distante que ya poco tenía que ver con la familiaridad. Podría haber pensado ingenuamente que la antigua profesora, que hacía alarde de un profundo compromiso político y animaba especialmente a las chicas, sería para ellas un apoyo inmutable, pero en el fondo todas aquellas jóvenes reclutas que esperaban seguir sus pasos quizá muy pronto invadieran el mismo terreno que ella, y eso empezaría a ser un problema. El aliento no siempre llegaba de quien lo esperaba, y las personas cuyo respaldo creía que llegaría al final la decepcionaban. Sus gustos se afirmarían y cambiarían a medida que frecuentara a gente nueva, gente a la que conocería en los jurados y cuyas opiniones, divergentes o completamente contrarias a las suyas, escucharía, pese a lo cual tenía que adaptarse al grupo e intentar ser más flexible, hasta porosa, estar abierta a otras formas, cerrarse menos en cualquier caso. Entre las paredes de azulejos de la escuela, que no habían cambiado salvo por el hecho de que se habían ido desmoronando en los últimos inviernos hasta el punto de que hubo que planificar un traslado a unas nuevas instalaciones, ella se encontraba ahora, al cabo de los años, en el lugar de aquellos adultos que entonces le parecían tan trasnochados y tan alejados de ella, que mostraban unos rostros indescifrables y apenas movían la cabeza para no delatar sus pensamientos, pensamientos que acababan de formarse mientras admiraban las obras colgadas en una sala que se repintaba con regularidad; era impresionante la cantidad de capas de acrílico blanco barato que debía de haber. Volvió a la Facultad para descubrir las obras que ahora creaban aquellos jóvenes que aún no habían nacido, ni siquiera habían sido concebidos, cuando ella recorría aquellas aulas blancas en busca de nuevas ideas y de los materiales necesarios para realizarlas.

Durante el trayecto, llegó a asombrarse de la interminable duración del viaje, de haber pasado por tantas estaciones y haber hecho ese trayecto tantas veces. ¿Cómo se las había arreglado ella para coger ese tren de cercanías hacia la periferia del oeste a diario, o casi, y esperarlo horas y horas en el andén subterráneo? Con el paso del tiempo, habían nacido algunos barrios; el tren paraba ahora en dos nuevas estaciones y cada vez parecía haber más gente viviendo y trabajando allí, durmiendo y estudiando en esos suburbios por los que, durante los cinco años de sus estudios, sólo había pasado a la velocidad del tren, teniendo de lejos las mismas vistas sin detenerse jamás en ellas. Todos esos barrios, cuyos nombres le eran familiares a fuerza de pasar por ellos pero de los que en el fondo seguía teniendo una idea indefinida, preservaban su condición de decorado en el que periódicamente surgía un nuevo edificio en construcción. Lo primero que se veía era una imponente carcasa de hormigón que filtraba el sol del ocaso; luego, unos añadidos graduales hasta el momento en que unas personas se mudaran allí sin ser especialmente conscientes de que no mucho antes se podía mirar a través de su salón y de su dormitorio en su fase de esqueleto, abiertos a los cuatro vientos, desde las ventanillas del tren de cercanías.

Aquella isla salvaje seguía existiendo, objeto de un asombro intacto y acaso de las ensoñaciones que compartían los viajeros cuando pasaban junto a ella por la mañana temprano. En distintas regiones, los estudiantes preocupados por la protección del medio ambiente construían cabañas, trepaban a los árboles y desafiaban a unos responsables políticos deseosos de poner en marcha la construcción de obras colosales, de crear y promover puestos de trabajo y riqueza, y que se creían que sus cabezas eran un auténtico hervidero de ideas nuevas y originales: eh, ¿qué tal si construimos un suntuoso complejo comercial con marcas y hoteles de lujo? El equipo docente de la escuela se había renovado por completo. Existía más paridad, más mezcla y más diversidad, o al menos se notaban los esfuerzos en esa dirección. La mayoría de sus profesores, aquellos que habían representado el saber y la autoridad, aunque ella no los admirara especialmente ni los estimara de un modo incondicional, se habían jubilado; algunos habían desaparecido, y le resultaba doloroso pensar que los había conocido sólo de pasada, que apenas había tenido relación con ellos y que ésta había tocado a su fin sin una palabra de despedida.

En aquel entonces estaba aquel larguirucho de tez sonrosada que llevaba chaquetas de trabajo y las gafas al cuello sujetas por un cordón que él mismo se había confeccionado; aquella señora que, próxima a la jubilación, vestía rebecas combinadas con blusas de cuello redondo, que llevaba el pelo liso sujeto por una diadema de terciopelo y quien, para sorpresa de todos, y eso es tener prejuicios, se encargaba de las clases de vídeo y nuevas tecnologías; el marido de ésta, que llevaba una barba que le cubría todo el cuello y unos pantalones de cuero, siempre le había parecido ambiguo, un pensamiento injusto, pues nunca había tenido la menor oportunidad de hablar con él. Se había limitado a observarlo con cierta desconfianza y circunspección por su aspecto de gurú.

Había algunos modelos de éxito, como el antiguo alumno de la escuela que prosperó y cuya galería abría un nuevo espacio en una capital mundial cada semana. Los había que ahora sólo frecuentaban a coleccionistas bronceados y con el pelo peinado hacia atrás, y que, al igual que éstos, viajaban sin cesar, llevaban una vida plena entre vuelo y vuelo, sin olvidarse de recordar a su interlocutor, soltándolo como de pasada, que para ellos eran las diez de la noche o las seis de la mañana. Y, sin darse cuenta, empezaban a caminar como patos, con la cabeza bien alta y el estómago lleno, mascando caramelos de menta y vistiendo ropa ostentosa porque tenían que preservar su estatus y presumir de su éxito de una forma u otra.

Estaban aquellos a quienes el torbellino de la fortuna y la exaltación de la gloria les había llegado demasiado pronto, demasiado deprisa, por lo que acabaron traicionándose a sí mismos mostrando un comportamiento pueril acompañado de comentarios que ahora llevaban tatuados en la piel. Había jóvenes que despertaban el interés a una edad cada vez más temprana y de inmediato se veían sobreexpuestos y objeto de especulación. Estaban los *pros* de la comunicación, que enviaban sus boletines informativos en varios idiomas a un ritmo constante, y cuyas firmas siempre iban acompañadas de una selección de comentarios elogiosos sobre ellos. Estaban igualmente quienes no llegaban a dar el paso del *marketing* y miraban todo aquello no sin cierta condescendencia y sintiendo vergüenza ajena por las nuevas prácticas de autopromoción. Era extraño:

se pasaban parte del tiempo intentando reforzar la confianza en sí mismos, haciendo esfuerzos encomiables para no dejarse vencer por el abatimiento, y, luego, ante la omnipresencia de esa descarada publicidad *sin complejos* –palabras cuya repulsiva carga ahora se reconocía–, se veían casi con ganas de dar marcha atrás, de hacer lo contrario que los demás para destacar, sin hacerse grandes ilusiones sobre los posibles méritos, ventajas o improbables beneficios de su heroica moderación.

Estaban aquellos cuyas biografías indicaban que vivían y trabajaban en París, Río, Tokio, Nueva York, Ámsterdam u otras capitales de distintos continentes, cuanto más lejanas, mejor.

Que se sepa, nadie se había divertido parodiando ese estilo mencionando en sus biografías algunas ciudades de tamaño medio que realmente no tuvieran ningún potencial simbólico o fantasioso. «Artista destacado de su generación, reconocido y aclamado en muchos campos, se mueve constantemente entre los suburbios de Nevers y Bécon-les-Bruyères.»

En general, era recomendable tener un don natural para contagiar el entusiasmo, hacer acopio de premios, pasar rápidamente de unas cuantas bocas al doble de oídos. Era aconsejable tener una predisposición innata para el ascenso profesional, además de una pizca de suerte.

Aquel mismo día, en cierto modo ella se había cruzado con dos destinos por pura casualidad, dos personas cuyas naturalezas representaban caminos opuestos hacia el éxito y la realización social. Una se encargaba de una visita, a puerta cerrada para el público y en horario de cierre, para un grupo de invitados a una exposición dedicada a un importante diseñador de moda en el barrio de las embajadas. Ante una selecta delegación de personalidades vestidas de punta en blanco a esa hora temprana de la mañana, como por lo demás hacían en cualquier momento del día, el escultor ofreció algunos elementos de reflexión al establecer analogías entre las piezas de su exposición, repartidas entre las paredes y en algunas de las vitrinas. Ataviado con un traje verde azulado de cuya solapa prendía un broche de joyería, mostrando una vergüenza impostada por sus zapatos de cocodrilo naranja, sugirió unas cuantas comparaciones profundas entre el oro y el sol, la riqueza y el brillo. Lo que decían aquellas cabezas que asentían era que el auditorio lo encontraba prodigiosamente interesante, brillante, incluso deslumbrante, y que, en cualquier caso, no lamentaban haberse levantado temprano.

A la otra persona la encontró durante el trayecto de vuelta a casa mientras leía el periódico, en el que se hablaba de una mujer, antigua alumna de Cergy, que ahora trabajaba en asuntos sociales y aseaba a los sintecho para devolverles algo de humanidad cada día. Llevaba a cabo una tarea que nadie deseaba hacer y, poco inclinada a hablar de sí misma, no entraba en demasiados detalles sobre su vida.

Lo que eso significaba era que una escuela de arte podía guiar a unos y a otros por derroteros muy distintos, algo que sin duda contribuía a que cada cual encontrara su camino, y que lo que aquel dandi que vivía del mecenazgo de los mayores coleccionistas consideraba el culmen del éxito podía antojarse indecente. Seguramente cada cual tuviera que arreglárselas con sus convicciones, sus posibilidades y sus deseos, pero lo cierto era que conservar un vínculo con otras realidades, contextos a menudo más duros, podía seguir dando sentido a todo lo que uno hacía o intentaba hacer, fuera cual fuera el ámbito. La presentación de aquel solicitado cortesano, dicho sea de paso, venía a confirmarle una intuición, una suerte de lema o consigna que ella no paraba de repetirse a sí misma: ser y continuar siendo todoterreno; ser capaz, en todo momento, de desplazarse a infinidad de lugares, por todas partes, ver entornos diferentes y nuevos. Eso ya formaba parte de su plan. A partir de entonces, en ese proyecto polivalente, debía ser capaz de ampliar el círculo y preservar la flexibilidad suficiente para seguir pasando del patio de un colegio de un barrio pobre a una reunión en una biblioteca de archivos, del escenario de un teatro a una sala de fiestas rural, de una residencia de ancianos a un flamante auditorio, de un festival con su alfombra roja a una proyección en una sábana que han colgado unos estudiantes en la parte trasera de un garaje.

Era casi un reflejo de supervivencia, tal vez debido a que sus padres habían estado tan apegados a su entorno social que nunca habían salido de sus confines, jamás habían sido capaces de liberarse de sus prejuicios y poco a poco se habían ido volviendo rígidos hasta acabar adoptando cualquier opinión sin utilizar su cerebro, y mucho menos su sensibilidad, aunque ella sabía que la habían tenido. A su padre le había dado por soltar manidas frases hechas porque, seguramente, eso le resultaba bastante cómodo y no requería ningún esfuerzo intelectual adicional, pues esfuerzos él ya hacía muchos, y eso era suficiente, algo que se recordaba a sí mismo cuando llegaba agotado a casa por la noche.

Había ciertas frases que sólo había que repetir como si fueran de cosecha propia, aprobando su contenido con una expresión severa y afectada por la gravedad de todo lo que estaba ocurriendo, máxime en aquel momento. Una vez que se pronunciaban, se convertían literalmente en hechos, y no había vuelta atrás, ni tiempo para pensar de otro modo, ni para revisar los pareceres propios en caso de que uno tuviera que ver el asunto un poco más de cerca o desde un ángulo nuevo. Analizar las cosas desde una perspectiva diferente era más cansado y conllevaba meterse en jardines, columpiarse peligrosamente, tener dudas, no saber ya nada de nada. Significaba vacilar, no poder responder a las preguntas propias, ponerse en entredicho y aceptar que no se podía tomar inmediatamente una decisión firme, a favor o en contra, de una vez por todas, y eso era algo que su padre no estaba dispuesto a hacer; de todos modos no tenía tiempo para tonterías y, además, era bueno tener una opinión sobre cualquier asunto, sobre esto pero también sobre aquello, la política, las mujeres, los grupos a los que no conocía.

A buen seguro ahí radicaba la atracción que ella sentía por aquel otro mundo, una atracción que nacía frente a esas afirmaciones perentorias. De siempre había tenido claro que las respuestas frontales no la conducirían a ninguna parte, que cualquier intento de franca oposición estaba condenado al fracaso frente a ese padre que, cuando estaba enfadado, no tenía pelos en la lengua para hablar de todos aquellos a los que llamaba *asociales* u *originales*, pero que también sabía utilizar el sentido común y el humor, y que, mal que bien, la había educado él solo lo mejor que pudo durante muchos años. No valía la pena sugerirle otro punto de vista ni entrar con él en polémicas, pues el tono subía rápidamente y el ganador acababa siendo quien gritaba más alto, algo que a él se le daba mucho mejor. Había que atacar desde otro lado. No servía de nada ofenderse abiertamente por las burlas que hacía de esas mujeres a las que se refería de manera indiscriminada llamándolas *monadas*, todas ellas charlatanas que parloteaban hasta la saciedad para no decir nada, ni por sus mofas de esos intelectuales que se tomaban por quién sabe quién y hablaban, según él los imitaba, con un acento esnob de lo más ridículo. Tampoco había necesidad de decir nada cuando aquel amigo, aquel gran profesor al que su padre tanto admiraba, hacía groseros comentarios misóginos delante de todos, incluida su esposa, que estaba enferma, en cenas en las que nadie parecía escandalizarse y en las que no había habido ni el menor indicio de una provocación por parte de las chicas anfitrionas ni ningún otro fenómeno de histeria colectiva que, en rigor, pudiera haber justificado semejante hostilidad.

Aquello había encendido una mecha, aquellas situaciones repetidas y silenciosas en las que ella se sentaba como en un espectáculo, sin poder hablar. Al final de la cena, todos se despedían cordialmente, pero una vez que se cerraba la puerta, ella intuía, sin expresárselo a sí misma, que algo no encajaba y que en su fuero interno comenzaba a palpitar el germen de una conciencia que la hacía plantearse tomar un camino distinto en un futuro próximo.

Su trayectoria no comenzaría yendo en dirección contraria. Es más, pasaría incluso por esa parte de la ciudad, pero yendo un poco más al oeste.

La gente le preguntaba a menudo: ¿por qué Cergy?, ¿no era mejor París?, ¿no te cogieron en Bellas Artes en París? Eso debe de estar lejísimos.

Aun así, al final se dio cuenta de la importancia de todos aquellos trayectos. Todos aquellos que había hecho comprobando que no había controladores a la vista, ya que el abono mensual era entonces muy caro y a menudo había jugado con fuego balbuceando que no sabía lo de la división por zonas, pero al cabo de un tiempo, después de que la pillaran varias veces, prefería pagar la cuota mensual antes que tener que repetir la embarazosa escena delante de viajeros que la miraban de reojo, prefería vaciar su hucha y poder leer o charlar sin miedo con aquellos con quienes se encontraría ese día en el tren –nos conocemos y todos vamos al mismo sitio– sin tener que girarse frenéticamente a cada segundo.

Recordaba aquel estado de excitación nerviosa en el viaje con dos compañeros el día en que, por la tarde, estaba previsto que presentaran a los demás un vídeo en blanco y negro rodado el día anterior en una casa abandonada. Cada uno interpretó al personaje que se habían asignado en una improvisación triangular nutrida de las ideas de los otros dos y de sus propias obsesiones: uno interpretaba a un desgarbado superviviente postapocalíptico que ocultaba su rostro tras una máscara de gas; el otro encarnaba a un pianista tocado por la gracia que producía notas a pesar de la camisa de fuerza que llevaba atada fuertemente a la espalda –la cámara, en mano, se detenía en el doble cierre, moviéndose con más o menos fluidez a pesar de los obstáculos que jalonaban el suelo–, y ella, que personificaba a una especie de sacerdotisa gótica vestida de blanco y con los ojos pintados de kohl, hacía unos gestos exagerados aunque nada claros. La diversión que les procuraba que el desarrollo de la película siguiera el orden en que se rodaban las secuencias, sólo por el placer de pronunciar las palabras *rodada y montada en el acto*, así como esa música añadida al final, música que un miembro del trío, que en realidad era músico, había compuesto especialmente para aquella sucesión de imágenes, les dio la inédita sensación de haber hecho un camino juntos, de haber trabajado juntos para montar ese objeto paródico lleno de temas serios, de haber reflexionado ardientemente y haberse partido de la risa a partes iguales. Era urgente presentar los resultados al grupo. Hacía buen tiempo. Tres jóvenes impacientes se morían de la risa por la idea de compartir incesantemente su entusiasmo y oír las atónitas reacciones de sus compañeros. Tres estudiantes que, de camino a la escuela, *al baile*, a Cergy-Préfecture, redescubrían ese ardor infantil que se siente al improvisar un espectáculo delante de unos padres. Sin embargo, con el paso de los años, se habían unido a una familia aún más receptiva a sus intentos de puesta en escena. Los chalecitos y los edificios nuevos se sucedían como un decorado inagotable e indeterminado, un telón de fondo desenrollado cada mañana cuyos pormenores ellos no intentaban conocer, una cinta que se bobinaba al ritmo del paisaje justo antes de que el tren entrara en el túnel. Sus mentes estaban enfrascadas en una ebullición desaforada, incapaces de pensar en otra cosa, enajenadas por la emoción de la proyección que en breve harían, por la aprensión que los embargaba justo antes de revelarse al público.